魔《ま》女《じょ》と ふしぎなサックス

槁立悦子／作・絵

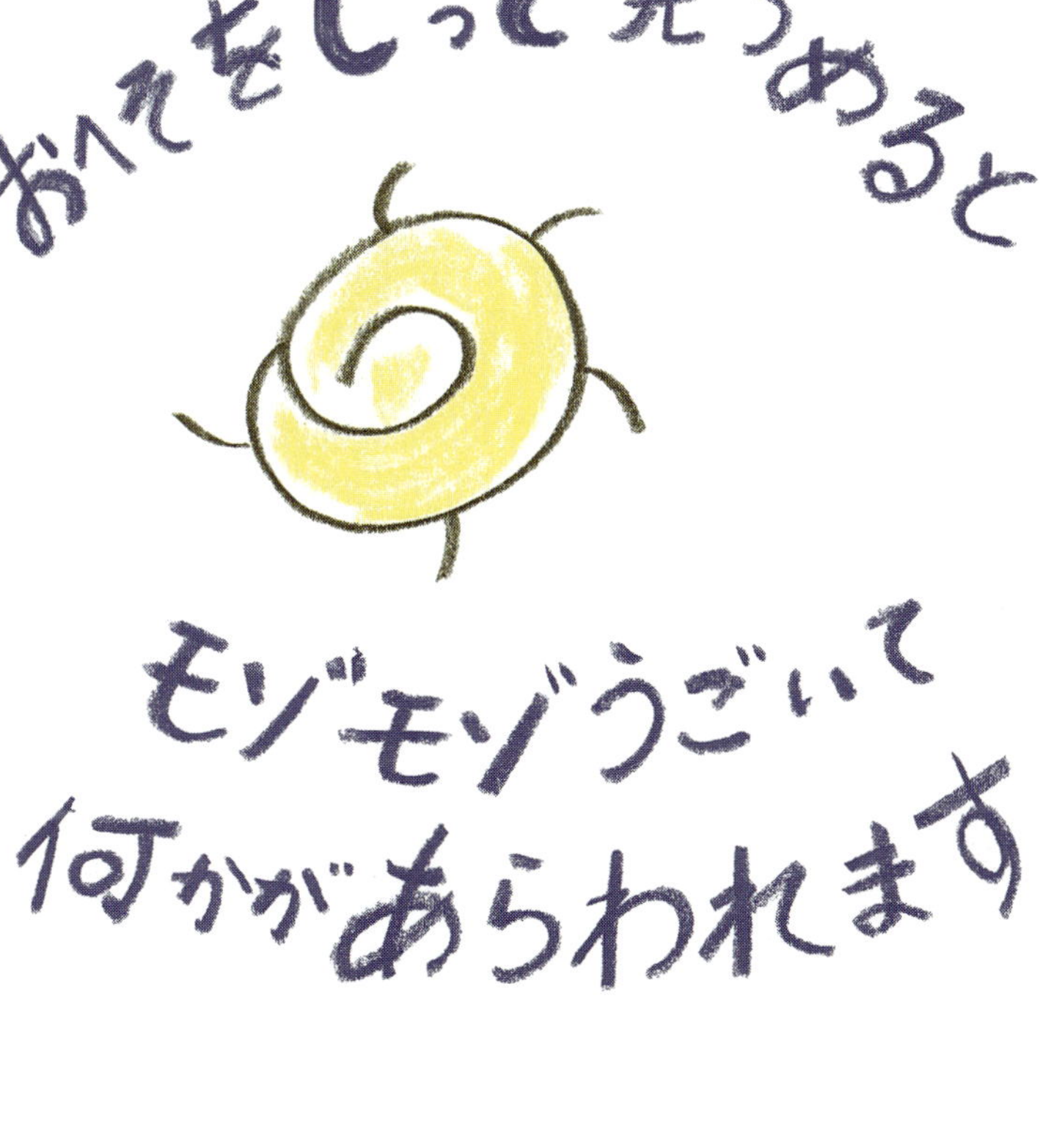
おへそをじっと見つめると
モゾモゾうごいて
何かがあらわれます

君のそばにエッちゃんとジンがいます。

松丸　数夫

この本の原稿をいただいてから、筆者にあいました。

「脳のことを童話にまとめました。誰もが持っている高級脳を働かせたらこの世の中はどのように変わるでしょう」

魅力的な言葉でした。しかし童話の中では脳の話はあまり出てきません。

カンヅメの中から生まれたテツロウ君と、わし鼻の魔女ミッチーが連れて歩くメス猫のララちゃんの大活躍の物語です。

テツロウ君が学校へ出かけます。

それまで誰ともことばを交わさなかったたっくんが急にしゃべり出します。

ブルースカイトレイン第三楽章が山にあなをあけます。

たっくんのほんものの脳の前に立ちはだかっていた壁に、テツロウ君の演奏でトンネルの通路が出来たのです。

ここから、スリリングな事件や場面が次々に出てきます。

さかさ言葉しか話せないおばあさんの病気の治療。

風に色をぬる仕事、シャボン玉ジャズの演奏、テツロウの旅のしたく。

エトセトラスーパーテスト。

筆者が一番書きたかったことは、エピローグのイエスノー「脳」ソングの次の言葉にあるようです。

「悲しい自分がいなくなるってことは／うれしい自分もいなくなるってわけで／悲しくもなくうれしくもない日々が／たんたんと流れる」

この本の主人公エッちゃんとネコのジンは、考えることと考えをまとめる仕事をずっとずっと続けてきました。エッちゃんのつとめる学校も変わりました。

エッちゃんは考えることの好きな全国のお友達のところに、今日もおしゃべりの旅行に出かけます。空想と想像の楽しさを、この本を読んで味わって下さい。

もくじ

君のそばにエッちゃんとジンがいます。

松丸数夫

♠ プロローグ

おへその中はひみつでいっぱい
しわしわのつぼをそうっとのぞけば
魔法《まほう》のごまであふれてる
白ごまに　黒ごまに　赤ちゃごま
アダブカタブラー
じゅもんをとなえりゃ
白黒赤ちゃの　ごまトリオ参上《さんじょう》

おへその中はひみつでいっぱい
らせんかいだんトントンおりると
どこまで続くか長いトンネル
なぞの花ぞのくぐりぬけ
いのちのいずみダイビング
ちょうイルカの背《せ》にのりゃ
高いお空にまいあがる

おへその中はひみつでいっぱい
未来のドアをノックすれば
赤ちゃんのたん生カウントダウン
耳をすませば
川のせせらぎにのせて
聞こえるママの子もり歌
早く会いたいよ　ぼくのママ

1　魔女《まじょ》を信じない人あつまれ！

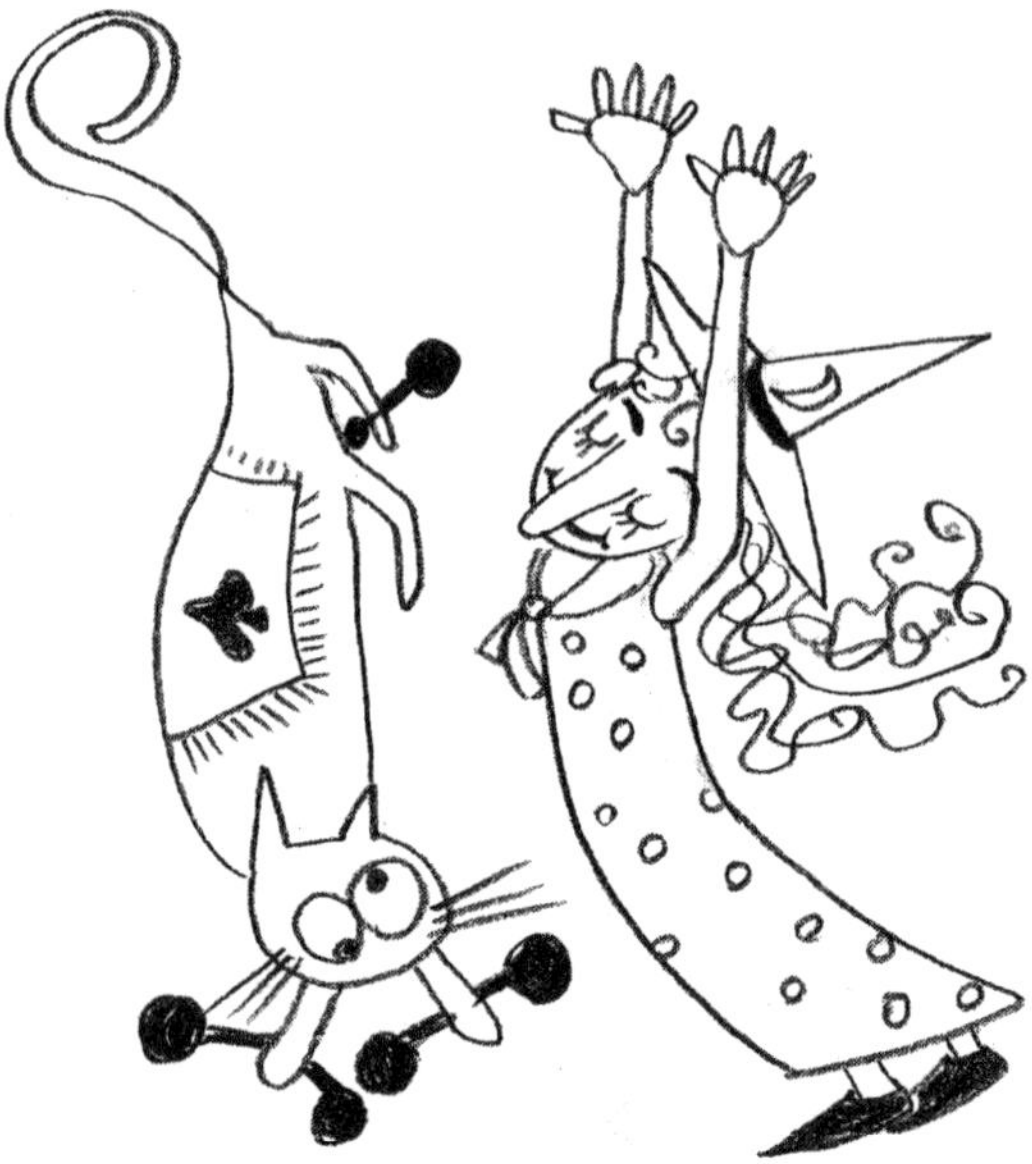

「魔女《まじょ》先生、あそぼう！」
ある学校の子どもたちは、若《わか》い女の先生をとうぜんの顔でそうよびました。この本を読んでいるみなさんは、とつぜん、ひょっとこみたいな顔になって、こうさけぶかもしれません。
「魔女《まじょ》先生？　まさか、ほんものの魔女《まじょ》じゃないでしょう？」
「もちろんよ。この世に、魔女《まじょ》などいるはずないもの。」

そう答えたいところだけど、みなさんの期待《きたい》をうらぎってごめんなさい。パンパカパーン‼　ここで、重大発表《じゅうだいはっぴょう》があります。耳をすましてくださいね。えっ、何も聞こえないって？　私《わたし》ったら、うっかりしていました。本は活字《かつじ》を追うもの。耳をすましたって、聞こえるはずがありません。

それじゃ、気分をあらたにして、パンパカパーン‼　今度こそ、重大発表《じゅうだいはっぴょう》です。じっと目をこらして読み進めてください。心のじゅんびはいいですか？

『あのね、魔女《まじょ》先生の正体《しょうたい》は…、おどろくなかれ、魔法《まほう》が使えるほんものの魔女《まじょ》だったの。』

黄色い声をあげてきぜつしそうなあなた、大じょうぶ？　ミルクをあっためて、一口のむとおちつくかもしれません。

『ハリーポッター』のような魔力《まりょく》のかかった作品は好《この》んで読まれても、人間たちは、

「これは、本の中だけにくり広げられるファンタジー。現実《げんじつ》には、ぜったいにありえないことよ。」

と、わりきって考えているようでした。もしも反対に、

「魔女《まじょ》は、この世にぜったいにいる。」

なんていったら、

「あなた、頭大じょうぶ？　科学《かがく》が進んでる今の時代に、そんなものいるわけないでしょ。もしいたとしたら、一度、顔をおがみたいものだわ。」

などとこうげきされ、今後《こんご》相手《あいて》にしてもらえなくなるでしょう。

今の時代に、魔女《まじょ》だなんて、だれが信じるでしょう。みんな、ただのあいしょうぐらいにし

か思っていませんでした。

今まさに、人間たちの頭の中で、魔女《まじょ》が存在《そんざい》する確率《かくりつ》は0パーセント。ほとんど、いえ、まったくとだんげんできるほど、否定《ひてい》されているのです。

でも、この本を手にしたみなさんは、きっと読み終えた時、

「あのね、この世に魔女《まじょ》はいるのよ。だれがいないっていっても、私《わたし》は信じる。」

と、ひとみをかがやかせていうにちがいありません。

魔女《まじょ》に会ってみたいというあなた、ページをめくってください。魔女《まじょ》なんぞに会いたくないという君は、すぐに本をとじ、ほかの本を手にとってください。


この本にでてくる魔女《まじょ》の名前《なまえ》は『エッコ』といいました。エッちゃんは、修行《しゅぎょう》のため、ふるさとのトンカラ山から、人間界へ出てきて、今年でちょうど十年目。

子どもが大好きだったので、小学校の先生になりました。しんまい先生も、今年で先生十年生です。もう先生のプロかって？　とんでもございません。何をやっても失敗《しっぱい》ばかり…。

「またやっちゃった。あたしってだめね。先生にむいてないみたい。」

エッちゃんがおちこんだ時、きまってはげましてくれるのがジンでした。

「あんたね、お月さまだっていつもまんまるじゃない。時には、欠ける時だってあるんだよ。あせっちゃだめさ。子どもが好きで先生になったんだろう？　それとも、もうきらいになったとでもいうのかい？」

ジンは、エッちゃんの先生でした。ねこのくせに、たいそう頭のきれるあいぼうでした。

これは、おっちょこちょいで失敗《しっぱい》ばかりしている魔女《まじょ》とジンのお話です。

2　ともこさんからの手紙

エッちゃんが家に帰ると、ゆうびん受けに手紙が入っていました。

「だれかしら。」

手紙をとりだすと、エッちゃんはほほえみました。

「ともこさんからだわ。」

差し出し人を見なくたって、あて名の文字だけでわかります。

どうしてかって？　そのひみつを、みなさんにそっとお教えしましょう。

ともこさんは、しょうへい君のお母さんです。エッちゃんは、しょうへい君が小学一年生の時のたんにんでした。あれから六年がたち、しょうへい君は中学一年生になっていました。その間、ともこさんは、たやすことなく手紙をくださっていたのです。いただいた手紙は、レターボックスからあふれるほどです。

というわけで、差し出し人を見なくても、ともこさんからの手紙はすぐにわかりました。

これで、ひみつがとけたでしょう。ともこさんは、季節のとうらいや、三人の子どもたちの成長ぶり、ご家族のごようすなどを美しい文章でつづり、送ってくださるのです。

エッちゃんはストーブのスイッチを入れると、ソファーにこしをおろし、手紙を見つめました。

お日さま色のふうとうには、オレンジがいっぱいにころがっています。うらを見ると、差し出し人は、予想《よそう》通り『ともこ』。

「やっぱりね。」

エッちゃんは、じまんげにうなずきました。

ふうを切ると、あまずっぱいかおりがあたり一面に広がりました。

「いい知らせにちがいないわ。」

びんせんを広げると、エッちゃんは、たちまち黒い文字にひきこまれていきました。

うちでかっていた、ウコッケイのひなが生まれました。黄色くてフワフワで、とってもちっちゃい。今、お母さんの羽の下にもぐっています。生まれたばかりの新しい命って、どうしてこんなにかわいらしいんでしょう。

　きのう、久《ひさ》しぶりにしょうへいと二人で、買い物に行きました。スーパーのちゅうしゃ場《じょう》から店までは少し歩きます。その間、こんな会話をしました。

「しょうへい、私《わたし》ね、『理想《りそう》のお母さん』っていうのがあるんだ。朝は、子どもたちより早く起きて、夜はあとにねて、いつも元気でにこやかにしてて、何でもそつなくこなすんだ。」

「そつなくって?」

しょうへいは、私にたずねます。

「失敗《しっぱい》しないこと。」

と答えると、しょうへいはしばらく考えてからいいました。

「お母さん、はじめの三つは守れているよ。あとの一つは、人間には無理《むり》。」

私《わたし》は、しょうへいの言葉におどろいて、

「そっかなあ、起きるのはぎりぎりだし、夜はやっとこ起きてるし、畑仕事をがんばった日にはつかれたともらしたり、時にはおこったり、ちっとも理想的《りそうてき》じゃないよ。」

といいました。すると、しょうへいはしんけんな顔で、

「そんなことないよ。お母さんはきちんとできている。ただ、人間は失敗《しっぱい》しない人なんていないから、それは無理《むり》だけど…。」

と、いったのです。

　私《わたし》は、たしかに、この子を産み、おっぱいをあげ、おしめをとりかえ育ててきたのだけれど、いつの間にか対等に話ができる人間に育っていました。『子育て』なんていうけれど、私《わたし》はこの子を育ててきたわけじゃない。この子が、自分で育ってきたんだと思いました。

私《わたし》は、自分のはんだんで物事《ものごと》の善《よ》し悪《あ》しを教え、今まで経験《けいけん》してきた分の知恵をさずけ、健康《けんこう》であるようにバランスを考えた食事を与《あた》えてきただけのこと。人間の子は、その命がやどった時から、自分とは別の、『ひとりの人間』として育っているんだなあと思いました。

今までは、ちょっと何かあっても、

「お母さーん。」

とよんでいたのに、こんな話ができるようになって、急にしょうへいが大人《おとな》びて見えました。もうすぐ、自分の道を見つけて歩みはじめるのでしょう。

私《わたし》は、『理想《りそう》のお母さん』にはなれないけれど、家族が安らげる場を作りたいと思います。

（ともこより）

エッちゃんは手紙を読み終えると、ほおをばら色にそめて、

「ジン、今晩は、ともこさんとしょうへい君にかんぱいしましょう。お友だちからいただいたとくせいのワインがあるの。」

といいました。

「あんた、毎日かんぱいしてるじゃないか。のみすぎはきんもつ。ほどほどにした方がいいよ。」

ジンがつぶやきました。

3　生きるっていうこと

北風がふくさむいばんのこと、ともこさんの家から、子どもたちの元気なわらい声がこだましています。ちょっと、のぞいてみることにしましょう。

はしら時計は、あと少しで七時をつげようと

していました。今日は、日曜日。休日のばんは、いつもより早めにゆうはんをとり、家族みんなでくつろぐのが日課《にっか》になっていました。

「ごちそうさま。こんなさむいばんはおでんが一番。」

しょうへい君が、目を細めていいました。

「ごちそうさま。たまごおいしかったな。」

まいちゃんが、ほっぺをまるくしていいました。

「ごちそうさま。りよ、おなかいっぱい。」

りよちゃんが、おなかをポンポンたたいていいました。

三人の子どもたちはごちそうさまをいうと、それぞれ自分の食器《しょっき》をかたづけはじめました。ともこさんの家では、これが習慣《しゅうかん》になっていたのです。

「それにしても、今ばんは冷えるわね。風もうなってる。」

お母さんが、おちゃわんをあらいながらいいました。じっと目をこらすと、暗やみに、家の前のくすの木が大きく首をふっているのが見えました。

「あんなにゆれて、なんだかこわいな。」

まいちゃんは、かたをすくめました。

「風さんが、ピューピューないてる。」

りよちゃんは、ぶるぶるふるえています。

「北風小僧《こぞう》の『かんたろう』が、あばれてるんだ。かんたろうは、大のいたずら好き。きっと、まだまだあばれまくるぞ。もしかしたら、家がふきとばされるかもしれないな。」

しょうへい君が、二人の妹をおどかすようにいいました。

「お母ちゃん、まい、こわい。」

「りよも。」

まいちゃんとりよちゃんは、お母さんのこしの後ろと前にぴったりだきつきました。

「まいもりよも、大じょうぶよ。風はすぐやむわ。」

お母さんは、二人の頭をなでながらいいました。

「しょうへいったら、あんまりおどかさないでよ。このままじゃ、ちゃわんもあらえやしない。」

お母さんが、こまったようにいいました。まるいひたいには、小さなしわがよっています。

「ごめん、お母さん。こんなにこわがるなんて思わなかったんだ。」

しょうへい君はしたをだすと、自分のへやへ消えていきました。

まいちゃんは、しょうへい君より二つ下。まいちゃんの一つ下が、りよちゃんでした。二人とも、とってもこわがりやさん。しばらくだきついたまま、じっとしていました。

そこへ、お父さんがやってきて、お母さんにすばやくウインクしました。『私《わたし》にまかしておきなさい！』という合図《あいず》です。お母さんは、『お願《ねが》いよ。』という言葉の代わりにウインクを返しました。

「あっ、そうだ、まいとりよに、とっておきのひみつを教えてあげよう。おふろに入って体をあったためるといい。かんたろうは、体をあったためた子の家にはちかづかないんだそうだ。」

お父さんがしんけんな顔でいうと、まいちゃんがようやく顔をあげて、

「どうして？」

と、たずねました。

「だってさ、かんたろうは北国の生まれだろう？　さむさには強いけど、暑さには弱いんだって。」

「もし、ちかづくとどうなるの?」

こんどは、りよちゃんがたずねます。

「かんたろうは、ドロロンパッ! ってとけちゃうんだって。つまり、体がなくなっちゃうんだ。」

お父さんがジェスチャーをして答えると、りよちゃんは、

「もしかして、死んじゃうってこと? そんなの、かわいそう。」

といって、なきだしそうな顔になりました。

「お父さん!」

お母さんのひたいに、さっきよりふかいしわがよりました。お父さんは、お母さんに向かい両手をあわせると、たよりなげに頭をかきました。お父さんは、

「女という生き物の心は、ふくざつでよくわからない。こんな小さなうちから、なんてややこしいんだろう。しょうへいなら、たいこばんをおして、『まかしておけ!』って、いえるんだけどな。」

と思いました。そして、『母さん、あとは、まかしたよ。』とでもいうように、ぺこっと頭をさげると、しょうへい君と同じように消えました。お母さんは、お父さんのうしろすがたに、

「あなた!」

とさけびました。

　その時です。とつぜん、おばあちゃんが、

「まいちゃん、りよちゃん、おふろがわいたよ。」

と、さけびました。グッドタイミングです!

「タビといっしょにおふろに入ろうか。体があったまるよ。」

お母さんが明るくいうと、二人はようやく笑顔をとりもどしました。タビというのは、最近かいはじめたばかりの子ねこです。

二人はすっぽんぽんになると、かんたろうのことをすっかり忘《わす》れていました。それもそのはず、あれほどさわいでいた風はぴたっとやみ、しずかになっていたのです。かみをふりみだしていたくすの木は、かみをセットし直しすましていました。

まいちゃんとりよちゃんは、いつもやっているように、タコとイカのスポンジでせなかをあらいっこしました。

「しゅっしゅっぽっぽ、しゅっぽっぽ。」

スポンジにせっけんをつけると、シャボンが生まれ、あっちこっちにまいました。お母さんは、

「二人とも、いつの間にか、上手《じょうず》になったわね。小さいころは、おふろがいやだってないていたのに…。」

といって、わらいました。

「あっ、タビを忘《わす》れてた。」

とつぜん、思い出したようにりよちゃんがいいました。すると、まいちゃんが、

「あのね、タビは、こたつでぐっすりねむってた。起こすのがかわいそうだから、やめておいたの。今度でいいでしょ。」

といいました。

「そっか。」

りよちゃんがうなずきました。

「さあ、今度はあったまってね。」

お母さんがあらう番です。二人がいっしょにおふろにとびこむと、お湯がぴちゃぴちゃはねました。

「りよ、三十かぞえるよ。用意はいい？」

まいちゃんが、にこにこしてたずねます。

「う、うん。」

りよちゃんは、言葉につまって首をゆっくりとふりました。

「りよ、なんだか、元気ないみたい。どうしたの？」

お母さんが、心配そうにたずねました。

「お母さん。あのね、りよ、…死にたくなることあるの。生まれてこなければよかったって思う時あるの。さっき、きゅうに、そのこと思い出したの。」

りよちゃんがいいました。すると、まいちゃんが、

「私《わたし》もあるよ。いやなこと思い出した時、死にたいって思うの。」

といいました。

　お母さんは、どきっとしました。

（この世に生まれて、まだ十年ほどしか生きていないというのに、死ぬほどつらいことっていったい何？　本当に、そんなことあるのかしら？　私《わたし》も子どものころ、やはり死にたいとか生まれてこなきゃよかったとか思ったことはあるけれど、そんな私《わたし》の血をひいているから、この子たちも同じように思うのかしら？　それとも、この世に生きている人間たちは、だれしも、一度や二度はそう思うものなのかしら？　それにしても十才なんて、まだ早すぎる。）

お母さんは、とつぜんの言葉にどうようし、パニックになりました。

（いったい、何をどう話せばいい？）

　しばらくして、タオルを持つ手をとめるとしずかにいいました。

「でも、今、あなたたちに死なれたら、お母さんは、毎日、ないてくらすよ。死ぬまでずっと…。それは、たしかなことよ。お父さんも、おじいちゃんも、おばあちゃんも、きっとそうだと思う。悲しむ人がいるってこと忘《わす》れないでね。あなたたちが生きてくれるだけで、私《わたし》たちはまんぞくなの。とってもしあわせなの。私《わたし》たちに、しあわせを与えてくれるあなたたちは、とってもえらいんだよ。毎日、元気で学校に行ってくれてるだけでじゅうぶん。」

お母さんは小さいけれど、ぴんとはりつめた声でいいました。

「わかった。まい、死なないよ。お母さんのそばにずっといる。」

「りよも、お母さんとずっといる。だって、大好きだもん。」

二人は、おふろからとびだすと、お母さんにだきつきました。

「あらまあ、二人ともあまえんぼうさんね。まいもりよも、じゅうぶんあったまったみたい。しっかりふいてあがりましょうね。」

お母さんのひとみは、なみだでぬれていました。

「はーい。」

「はーい。お母さん、おふろが好きだからって入りすぎないでね。」

子どもたちの明るい声を聞き、お母さんはほっとしました。

（子どもの体は、大人より小さいけれど、れっきとした心を持つ人間だもの。いろんなことを考えてもとうぜんね。これは大人が考えることだからって、心にかぎをかけたり、ふたをしたりすることはできないもの。もしも、だれかに、『ばか！』とか、『死ね！』とか、他にもきずつくことを言われたら、どんなにかなしいかしら？　わけもなくけなされたり、自分の存在《そんざい》を否定されたりしたかなしみは、さまざまな経験《けいけん》をしてきた大人よりもずっと深いのかもしれないわ。）

と思いました。

★ここからは、大人の方が読んでください。子どもたちは、次の章にとんでください。

子どもたちがねむった後、お母さんは、日記をつけました。

今日は、子どもたちが『死ぬ』なんて言葉を持ちだして大ショック。私《わたし》の心は大ゆれにゆれ、大こんらん。だけど、りよとまいが心の中だけにとどめておかず、話してくれたことにほっとひと息。小さなむねをいため、ひとりなやんでいることを思ったら、知ってよかったとしみじみ思う。どんなに苦しかったことだろう。子どもの心の声を聞いてパニックを起こしかけた私《わたし》だけど、今、冷静《れいせい》になって考えると本音が聞けてよかった。知ることはこわいけれど、知らないことはもっとこわい。場合によっては、手おくれになることだってある。

私《わたし》自身、『生きててよかった。』と思えるほど楽しかったり、うれしかったりする経験《けいけん》は数少ない。生きていることが楽しいと思えるような何かを探している最中《さいちゅう》だけに、子どもたちに話した言葉は、じつは、自分自身に語っている言葉だったのかもしれない。実家の両親も、ここの家族も、姉さんも、妹も、私《わたし》が生きていてくれるだけでいいって思ってくれてる。私《わたし》が、心の底から、『生きていてくれるだけでいい。』って思っている人たちは、きっと私《わたし》のことも、心の底から同じように思ってくれているにちがいない。

別に、私《わたし》は死にたいって思っているわけではないけれど、子どもたちと話したことで、自分自身も励《はげ》まされ、よかったと思う。

私《わたし》のことを想《おも》ってくれる人を悲しませないように、命ある限り生きていこう。

『生きる』って、そういうことかもしれないな。

4　真夜中のお客さま

「トントン。」

真夜中にドアをたたく音がしました。十二時をとうにまわっています。

外は雪がふり、シンシンと冷えこんでいました。昨日、地球《ちきゅう》に初めてダイビングしてきた雪のせいはうれしくなって野山をかけました。あ

んまり楽しかったもので、帰るのを忘《わす》れてしまったのです。雪のせいのお母さんは、心配になってむかえにきました。

「ぼうや、帰るわよ。十二時前にはもどってきなさいって、あれほどやくそくしたのに…。」

「ママ、ごめん。あんまり地球《ちきゅう》がすてきだったものだから…。山には木があって鳥がないて、谷には川が流れ魚が泳いでた。おばあちゃんが、教えてくれたとおりだった。ママ、また、きてもいい？」

「もちろんよ、ぼうや。じつは、ママも初めてのダイビングの時、帰るのを忘《わす》れちゃったの。えへへっ。」

というと、雪のせいのお母さんはぺろっとしたをだしました。

「なんだ、ママもか。」

雪のせいがほっとしてむねをなでおろすと、

雪のせいのお母さんが、

「ぼうや、もう少しいっしょにあそぼうか。」

と、ひとみをかがやかせました。

「ほんとう？　ママ。」

「もちろん、ほんとうよ。」

「やった、やった、やったー！　ママ、ありがとう。ゆめみたいだ。」

雪のせいの母子は、しばし、時間をわすれ野山をかけ回りました。

　雪のせいがとんだ後には、雪がチラチラまいました。身につけているドレスには、『雪ふりポケット』があり、とんでいる時には、そこから雪がまうしくみになっていたのです。

地球《ちきゅう》は、雪のせいのお母さんがくわわって、とつぜん、大雪になりました。あたりは、どこもかしこもまっ白け。一面、雪野原がつづいていました。

その雪野原に、先のとがった長いあしあととまるい小さな足あとがつきました。それは、エッちゃんの家の前でとまっています。こんな真夜中に、だれか、お客さんでしょうか?

「トントン。」

また、音がしました。エッちゃんとジンは、ねいきをたててねむっています。起きる気配《けはい》は、いっこうにありません。

「ドンドン。」

ドアの音が大きくなりました。それでも、目をさましません。

「ガッタンガッタン!」

ドアがこわれるほど、大きな音がしました。

ジンは、ようやく物音に気づき目をさますと、エッちゃんを起こしました。

「外にだれかいる。」

ジンの声に、いったん目をさましたものの、エッちゃんは、

「かぜのいたずらよ。こんな真夜中に、お客さんなどあるはずがない。あたし、もう少しねるわ。」

というと、また、目をとじてしまいました。

ジンが、しかたなくドアの方にむかうと、ドアの外でめすねこのなき声がしました。

「さむくてこごえそうです。早くあけてください。」

ジンはもうたまらなくなって、エッちゃんをゆり起こしました。

「ほんとうに、お客さんだ。」

「ふぁーっ、わかったわ。だけど、こんな時間にたずねてくるなんて、なんて失礼《しつれい》なお客さんかしら…。顔が見たいものだわ。」

というと、エッちゃんはねむい目をこすりこすりドアを開けました。

「あっ、雪だるま！」

エッちゃんがさけびました。

　ドアを開くと、雪だるまがふたつ。大きいのと小さいのとならんでいました。よく見ると、足がついているではありませんか。

「ゆっ、雪だるまに足がはえてる！」

といったきり、エッちゃんの口は、しばらくぽかんとあいたままでした。

　足のついた雪だるまなど、今までお目にかかったことがありません。どんなにおどろいたことでしょう。もう、ねむいどころのさわぎじゃありません。エッちゃんは、完全に目がさめました。

「ジン、あんたにも見えるわよね。」

「ああ、たしかに。」

ジンがこたえた時です。とつぜん、大きな雪だるまが、

「はっ、はっ、はっくしょん！」

と、われんばかりのくしゃみをしました。

　さむさに強いはずの雪だるまが、かぜでもひいたというのでしょうか？　ますます話はややこしくなってきそうです。

そのしゅん間、大きな雪だるまの体にひびが入り白い雪が、いっきにとびちりました。そのいきおいで、小さな雪だるまの雪も、ふきとばされました。

するとどうでしょう。雪だるまだとばかり思っていたまんまるの体から、サングラスをかけたわし鼻の魔女《まじょ》があらわれました。真冬だというのに、ペパーミント色のドレスからは、チョコレート色したうでがにょっきりとでています。とがったあごに、ショートカットがよくにあっていました。

そして、小さな雪だるまは、ココア色の毛なみをしたねこに大へんしんをとげました。

「あらまったら、あらまっ！ 雪だるまが変身したわ。」

エッちゃんは、あまりのおどろきで、今度はしりもちをつきました。それに、目を丸くしたわし鼻の魔女《まじょ》は、サングラスをとると、

「おどろかないで。私《わたし》、雪だるまなんかじゃない。エッちゃんの知り合いよ。ニーッ！」

といって、あわててわらいました。

サングラスの下には、エメラルド色したひとみがやさしく光っていました。エッちゃんは、どんなにほっとしたことでしょう。ところが、口を思いっきり横に開いて笑顔をつくったので、顔のバランスが思いっきりくずれていました。

エッちゃんは、その顔があんまりへんてこりんなので、ぷっとふきだしました。そのひょうしに、きんちょうも、どこかへふきとんだようです。

「ねっ、あたしのこと、ほんとうに知ってるの？」

エッちゃんは、わし鼻の魔女《まじょ》をじっと見つめていいました。

「うふふっ、よーく知ってるわ。私《わたし》の名前は『みちこ』っていうの。『ミッチー』ってよんで。」

わし鼻の魔女《まじょ》は、親しげに目じりを下げていいました。

「ごめんなさい、あたし、あなたのことぜんぜん知らない。どこかで、会ったかしら?」

「いいえ、一度も会ってないわ。」

「えっ、会ったことがない? それじゃ、どうして知ってるの?」

エッちゃんは、ちんぷんかんぷんの顔でたずねました。

「エヘヘッ、聞いたのよ。はははははっはっくしょん。くしゅん、くしゅん。ああ、さむい! 悪いけど中に入れてもらえないかしら。」

ミッチーは体をぶるぶるぶるふるわせると、くしゃみを何度もしました。あまりのさむさのために、顔は青白くなっています。

　雪はやむ気配《けはい》がありません。さっきよりいくぶん小さめのこな雪がチラチラとまっていました。雪のせいの母子は、まだ、むちゅうであそんでいるのでしょう。

「ごめんなさい。あたしったら、話にむちゅうになってうっかりしてた。とにかく、入って!」

「サンキュー!」

ミッチーの顔が、一しゅん、バラ色にかがやきました。ココア色のねこも、とうぜんの顔でついてきました。

「ミッチーのあいぼう?」

エッちゃんがたずねると、ミッチーは、

「まあ、そんなところね。名前は、『ララ』っていうの。あんた、いつの間にか、ついてきたのね。私《わたし》がエッちゃんのところへ行くっていったら、今ばんはよせってひどく反対していたくせに…。どうしてついてきたの? るすばんでもしていればよかったのよ。」

と、とがった口調《くちょう》でいいました。

「とっても、大事なわけがあったの。」

ララはしずかにいいました。

（それが、かしこいあいぼうというものさ。くろうしているのはぼくだけかと思っていたけど、どこも同じなんだな。）

ミッチーの言葉を聞いて、ジンは、何だか、ゆかいになってきました。ララとは、すぐ友だちになれそうです。

「くしゅん、くしゅん。くしゅん。」

ミッチーが、また、くしゃみをしました。

「きがえた方がいいわ。全身ぬれねずみだもの。このままだと、すぐにかぜをひいてしまう。」

セピア色のかみの毛はぐっしょりぬれ、ドレスのすそからはポタポタと水がしたたっていました。エッちゃんは、

「すぐに、これにきがえて！」

というと、ミッチーにふわふわのタオルとパイナップル色のパジャマをさしだしました。

　ララも、また、びっしょりです。エッちゃんはタオルで体の水をふきとると、ドライヤーの風をせなかにあてました。ララは、あたたかい風をあてられると、

「まるで、天国だわニャン。」

といって、ゴロゴロとのどをならしました。

ミッチーは、きがえをすませると、

「エッちゃん、ありがとう。あなた、足が長いのね。」

といいながら、ずぼんをひきずってあらわれました。ミッチーは、エッちゃんより、いくぶんせいがひくいようです。

　ミッチーはパジャマにきがえると、ようやく生きた心地がしました。

「それにしても、地球《ちきゅう》の冬が、こんなにさむいなんて思わなかった。」

ミッチーがつぶやきました。

「だから、何度もいったでしょう？　エッちゃんのところへ行くなら、厚手のコートと毛糸の手ぶくろがひつようだって…。あれほどいったのに、ミッチーったらぜんぜんきかないんだもの。」

ララは、目を三角にしていいました。

「ごめん、ララ。あの時はいそいでて、そこまで、気がまわらなかったの。できたばかりの発明品を、いっこくも早く、エッちゃんに見せたかったものだから…。」

「だけど、きがえくらいはできたはずだわ。何時間もかかるってわけじゃなし。」

「こんなことになるってわかっていればね。」

ミッチーは、いきおいよくいいました。すると、ララは、

「あんたのあわてんぼうには、ほとほとあきれるわ。いつだって、目の前のことしか考えずに行動してしまう。冷静《れいせい》さにかけているのよ。きついいい方かもしれないけど、研究者としては、しっかくね。」

と、いつになくきびしい調子でいいました。さむさが、そうとうこたえたようです。

「ララには、情熱ってものがないの？　いつも冷静《れいせい》に行動できるなんて、まるでロボットだわ。発明品を早く見せたいっていう気持ちのどこが悪いの？」

「だれも、悪いとはいってないでしょう。もう少し、おちついて行動した方がいいって、ちゅう

こくしているだけよ。」

「それがよけいなの。わたし、おせっかいはきらい！　ララ、そんなことをいうために来たのなら、さっさと帰って！」

ミッチーの息づかいも、だんだんあらくなってきました。

「じゃまなら帰るわ。」

売り言葉に買い言葉です。ララは、長いしっぽをぷるんぷるんふりながら、戸口に向かいました。

「ララ、まって！　今、あまざけがわいたの。一口だけでも、のんでいって！　体がぽかぽかあったまるわ。」

エッちゃんは、あわてておいました。ところが、ララは、

「エッちゃん、ごめん。あいにく、あいぼうがオニのような顔をしてにらみつけているので、これ以上ここにはいられないの。」

といって、ドアをあけようとしました。

　あけたら、もう最後。もどってくることはできません。ララにだって、プライドというものがあります。しかし、こんな真夜中に、だれがとめてくれましょう。運が悪ければ、こごえ死ぬかもしれません。ララは、あけたくないドアに、そっと手をふれました。

　その時です。ミッチーが、とつぜんさけびました。

「どうしましょ。大事なものを忘《わす》れてきちゃった。ララ、あんたのいうように、私《わたし》は世界一あわてんぼうで、すくいようのない大ばか野郎《やろう》だわ。」

「私《わたし》、大ばか野郎だなんて、ひとこともいってやしない。あんたは、れっきとした女性。野郎な

んかじゃないでしょ。お願《ねが》いだから、もう少し、言葉を正しくつかってちょうだい。」

というと、ララはミッチーの前に歩みより、

「今、思い出したけど、さっきのしつ問に、まだ答えてなかった。どうして、ついてきたのかってことだったでしょう。私《わたし》は、あんたの忘《わす》れ物をとどけに、後をおってきたの。」

と、にやにやしていいました。

「忘《わす》れ物？」

「ええ、これよ。」

というと、ララはせなかにしょっていたボタン色のつつみを指さしました。

「もしかして？」

ミッチーのひとみが光りました。

「ええ、もしかすると、もしかするかも…。」

ミッチーは、もうたまらなくなって、つつみに手をふれました。

「かってにさわらないで！　私《わたし》は、あんたにじゃまあつかいされたの。たった今、ここを出て行くわ。」

ララは、戸口にかけ出しました。

「ごめんなさい、ララ。私《わたし》が悪かった。ずっと、そばにいて！　私《わたし》には、あなたがひつようなの。」

ミッチーは、ララのもとにかけよりました。

「今だけじゃないの？」

「いいえ、ずっとよ。」

ミッチーは、ララをぎゅっとだきしめました。

「いたい！」

その声にはっとして手をゆるめると、ララは、

「わかったわ。これからも、あわてんぼう魔女《まじょ》のめんどうをみることにする。」

といって、せなかのつつみをおろしました。


さて、つつみの中みは何だったでしょう。ミッチーはふるえる手でふろしきをひもとくと、ぱっと笑顔になりました。

「ありがとう、ララ。わたしが忘《わす》れてきた大事なものっていうのは、これだったの。あんたは、ほんとうにすばらしいあいぼうだわ。」

といって、ララにほおずりしました。

5　ミッチーはかんづめ魔女《まじょ》

「ミッチー、ララ、二人ともそんなところに立ってないで、こっちにきてすわって。さあ、どうぞ。わかしたてのあまざけよ。お口にあうかしら?」

エッちゃんは、ダイヤがたのおぼんに、カップを四つのせて台所からでてきました。このおぼんは、魔《ま》

女《じょ》のご先祖《せんぞ》さまが代々つかってきた品のひとつ。年季《ねんき》が入って、黒光りしていました。ぶきみなトカゲの色をしていたので、『トカゲぼん』とよばれ、愛用されてきました。スズラン色のカップからは、ゆげがゆらゆらとあがっていました。部屋《へや》はたちまち、あまざけのかおりにつつまれました。


ミッチーは、ふろしきづつみをおいたまま、ソファーにかけよりました。ララは、

「あらまあ、ミッチーったら、大事なものをおきっぱな……。」

とまでいって、やめました。


これ以上いったら、またけんかになるでしょう。ややこしくなるのは、もうごめんです。

「あまざけは、わたしの大こうぶつよ。」

ミッチーのひとみが光りました。

「あんたは、おさけと名がつくものに、目がないものね。地球のあまざけ…？　たしか、ひなまつりにいただくおさけだったかしら。」

ララは、いつか、『地球《ちきゅう》の行事まんさいおもしろじてん』を読んだことを思い出しました。

「うふふっ、あれはしろざけ。」

エッチゃんがわらっていいました。

「そっか、わたしも、忘《わす》れっぽくなったものね。ひと口いただこうかしら。」

ララは鼻をくんくんさせ、こうふん気味《ぎみ》にいいました。エッチゃんは何やらうれしくなって、

「ひと口といわず、たくさんめしあがれ。真夜中のお客さまにかんぱい！」

というと、あまざけのカップを高くかかげました。エッチゃんはうれしいことがあると、すぐにかんぱいするくせがついていたのです。ミッチーが、カップを重ねてウインクしました。

「ぼくは、少しさましてからのむよ。あついのは苦手《にがて》なんだ。君は？」

ジンがたずねると、ララは、『ごもっとも。』

といわんばかりに、大きくうなずきました。

「ごめんごめん。あなたたちはねこじただったわね。」

エッちゃんが、ようやく気づいていいました。

「ねこのしたはねこじたに決まってる。とうぜんのことじゃないか。あのさ、ぼくたちがもしもいぬじただったら、どうするつもりだったの？」

ジンは、二人がおいしそうにのむのを見て、くやしくなったのでしょう。ちょっぴり意地悪くたずねました。

「いぬじただろうとさるじただろうと、ちっともかまやしない。そんなことより、ほんとうにごめんなさい。熱い上にこんなカップじゃ、『絵にかいたもち』。はじめてのお客さまに、この上なく失礼《しつれい》なことしちゃったわね。」

エッちゃんは台所にかけこむと、カップのあまざけをあいと白のチェックのスープざらに流しこみ、おすしをつくる時につかうすしめしせんようのうちわでぱたぱたとあおぎました。

「さあ、おまたせ。今度はいかが？」

エッちゃんのひたいは、少しあせばんでいます。

　ララは長いしたをだすと、しんちょうなおももちでスープざらにむかいました。ちょっぴりとまどいの表情をみせたかと思うと、すぐに、したの先を丸め白い液体をペロッとなめました。

「おっおっおっおいしい！」

と声をあげると、その後は、ペロペロといきおいよくのみました。あっという間に、おさらが

からっぽです。ララは、うっとりほろよい気分になりました。ミッチーは目を丸くして、

「ララ、人のこといえないじゃない。あんたもおさけが好きねぇ。」

といいました。

「おいしいものは、だれだって好き。わたし、せっかくだからジンさんとお話する。」

ララはジンの方をむきました。


「ララちゃん、これからぼくをよぶ時、よびすてでいいよ。『さん』づけにはなれてないんだ。ジンでいいからね。とにかく、おつかれさま。」

ジンはララを見つめると、心をこめていいました。

「わかったわ、ジン。それじゃ、わたしのことも、ララってよんで。『ちゃん』づけにはなれてないの。」

「そっか。」

ジンとララは、顔を見合わせてわらいました。

　おさけが入ったからでしょうか？　ララのココア色の毛なみはいっそうつやつやし、サファイア色のひとみは青空をうつしたビー玉のようにかがやきをましていました。

「せっかくお会いできたというのに、はずかしいところをお見せしてしまったわ。こんなところに来てまで、けんかするつもりはなかったのに…。」

ララは、もうしわけなさそうにいいました。

「そんな顔しないで、ララ。じつは、ぼくたちも同じだよ。朝からばんまで、けんかばかりさ。おたがい、くろうはたえないね。」

ジンの言葉を聞くと、ララはほっとした表情になり、あまざけをおかわりしました。ペロペロなめていると、よいがまわってきたのか口がなめらかになり、勝手に言葉がとびだしました。

「ジン、わたし、以前から思っていたんだけど、魔女《まじょ》っていうのは、全体的にわがままな生きものなのかしら？」

ジンは何やらうれしくなって、

「えっ、君もそう思うかい？　ぼくも、あいぼうのわがままに、ほとほといや気がさしていたところさ。大きな声ではいえないけど、ララの意見にまるごと大さんせい！」

と、答えました。

その時、ジンの心に今までたまっていたストレスのかたまりが、一気にふきとんだようでした。とつぜん、心に明かりがさしこみ、花が咲《さ》きみだれました。

今まで、一人さびしくたえてきた気持ちにうなずいてくれる人があらわれたのです。ジンは、どんなにうれしかったことでしょう。とつぜん、ドアをあけ放ち、まっくらなさむ空の下を、思いっきりかけだしたい気持ちになりました。

「ところで、大じょうぶ？　あいぼうの魔女《まじょ》たちがそばにいるのよ。今の話、聞かれたらたいへんでしょ！」

と心配されているみなさん、ご心配なく。

二人は、『ひみつのねこ語』で話していたのです。

さて、二人の魔女《まじょ》たちは何を話していたでしょう。あいぼうのねこが、気が強くって口うるさいということでしょうか？　あいにく、ジンとララの会話に耳をすましていたので、魔女《まじょ》たちの話をぬすみ聞きすることはできませんでした。あしからず。

もし、あいぼうのねこたちが、二人の悪口をいってたなんて知ったら、どうするでしょうか。ひげをとって、火あぶりにするかもしれません。ですから、みなさん、ぜったいにないしょにしてくださいね。

「体がぽかぽかとあったまってきたわ。えへへっ、わたしったら、いつの間にか五はいもおかわりしちゃった。この味いけるのよね。もう一ぱいいただこうかな？　さっきまではれいとう地《じ》獄《ごく》。どうなることかと思ったけど、今はハッピーパラダイスね。」

ミッチーのほっぺは、ちょっぴりサクラ色にそまっています。

「気にいってもらってうれしいわ。でも、ごめんなさい。六ぱいめはないの。おなべがからっぽなのよ。」

エッちゃんが、おなべをさかさにしていいました。すると、ミッチーは、

「じょうだん。エッちゃん、もう、じゅうぶんよ。おなかだって、ほら。」

といって、パジャマの上からたたいてみせました。ポンポンと高い音がしました。

「あははっ、ほんとうだ。もう入らないみたいね。」

「そうでしょう。」

エッちゃんとミッチーは、おなかをかかえてわらいころげました。

「そうだわ、うっかりして忘《わす》れるところだった。わたし、エッちゃんにできたての発明品を見せに来たの。」

というと、ボタン色の布の上にのっかっていたかんづめを両手にのせてきました。直径十二センチ、高さが六センチほどの平たいつつです。そう、ララがせなかにしょっていたあのにもつ

です。

ミッチーは、『コンピューター魔女《まじょ》』の妹でした。コンピューター魔女《まじょ》というのは、ちょっとした発明家です。

以前、体がとうめいになるという魔法《まほう》の箱を持って、エッちゃんのところへやってきました。エッちゃんは、とうめいになることにせいこうし、数日間のぼうけんを楽しんだのです。

姉妹はにると申しますが、二人そろって発明家になったのです。血はあらそえないものですね。ミッチーは、エッちゃんのことを姉から聞いていました。だから、会わなくても知っていたのです。

ミッチーの発明品は、どんなものもかんづめに入っていました。空気にふれてくさらないよう、それは大事にあつかわれていたのです。そんなわけがあって、『かんづめ魔女《まじょ》』というあいしょうがついていたのでした。

6　かんづめの中には?

「ねぇ、ミッチー、そのかんづめ、何が入っているの?」

エッちゃんは、きょうみしんしんの顔でたずねました。

「うふふっ、何だと思う?　あててみて!　もしも、あたったら、うでたてふせ百回してもいいわ。」

ミッチーは、いたずらっこのような目をしてわらいました。すぐには教えてくれそうにありません。それに、かなり自信がありそうです。

「うーん。」

ぎん色をした平たいかんづめには、かんじんのラベルがないので、エッちゃんにはとんとけんとうがつきません。ふつう、かんづめには、中身を示す絵や写真などがはってあるはずです。

「アップル？　ピーチ？　パイナップル？　オレンジ？　マスカット？　パパイア？　マンゴ？

そうだ！　バナナだ。」

エッちゃんは、思いつくくだものをならべました。

「あはは、バナナのかんづめは聞いたことがないわねぇ。ざんねんだけど、ぜんぜんちがう。くだものじゃないの。」

「それじゃ、さんま？　いわし？　ほっけ？　さば？　いか？　あかがい？　くじら？　じゃないとすると、どじょう？　それともかえる？」

今度は、海や川に住む生き物をならべてみました。

「それもちがう。」

「うーん、それじゃ、野菜？　アスパラとかコーンとかマッシュルーム？」

今度は、野菜をならべてみました。

「それもちがう。」

エッちゃんは、頭をかかえました。他に何があるというのでしょう。しばし、考えていましたが、とつぜん、目を光らせて、

「わかった！　ジュースでしょう。こんなかんたんなことに気づかなかったなんて。あたしって

ばかね。」

と、自信まんまんにいいました。

「がっかりさせて悪いけど、ジュースじゃないの。ほら、もってみて！」

ミッチーは、かんづめをエッちゃんに手わたしました。

「きゃー、おっもーい。」

エッちゃんは、おもわず奇声《きせい》を発しました。

かんづめは、手のひらにのるサイズなのに、ずっしりと重いのです。こんなかんづめが、かつてあったでしょうか？　どんなに軽くみつもっても、一キロはありそうです。

「ララったら、すごい力もち。よく、せおってきたわねぇ。」

エッちゃんが、ひどく感心してララを見つめました。

「ララは、近くのスポーツクラブへかよって筋力《きんりょく》トレーニングしてるから、けっこう力があるの。たまに、私《わたし》もついて行くわ。といっても、私《わたし》のほうはサウナがほとんどだけど。一日の終わりにあせをながすのって快感《かいかん》よ。体中のよごれが一気にふきだす感じ。」

ミッチーは、しあわせそうにいいました。そのせいか、おはだはつやつやぴかぴかしています。

「何だか、てつのかたまりでも入っていそうなふんい気ね。人間界に、こんな重いかんづめはないもの。想像《そうぞう》もつかないわ。ねぇ、ミッチー、いったい何が入っているの？」

エッちゃんは、とんとわからなくなってしまいました。

「こうさん？」

ミッチーのひとみがいたずらっぽく光りました。

「ええ、こうさんするわ。ほんというと、すっごくくやしいけどね。」

エッちゃんは、鼻のわきにしわをよせていいました。

エッちゃんときたら、そうとうな負けずぎらい。なん題が出されると、たいていの場合は、正解するまで考え続けます。こうさんするのは、最後のしゅだん。負けをみとめるのが、とにかくいやだったのです。

でも、今回は、しかたがありません。だって、まったくけんとうがつかないのです。これ以上考えたって、時間のむだというものでしょう。いさぎよく、こうさんしたというわけです。

「それじゃ、答えを言うわね。あのね、じつは…、生き物が入っているの。」

ミッチーは、まるでないしょ話をするかのように手を口のわきにそえて、しずかにいいました。

「生き物？　だけど、この中ではいきができないわけでしょ。長い間入っていたら、死んでしまうわ。とすると…、そうか！　親鳥があったためとちゅうのうずらのたまごかなんか？　でも、それにしては重すぎるし…。」

エッちゃんが、またわからなくなって口ごもると、ミッチーは、

「いいえ、ちゃんとした子どもよ。」

と、はっきりとした声でいいました。

「ええーっ！　かんづめの中に子ども？　まさかうそでしょ？」

エッちゃんは、とつぜんすっとんきょうな声をあげました。

ミッチーもジンもララも、あまりの声の大きさに耳をふさぎました。このさけび声は、もちろん外にまでひびきわたりました。時間を忘《わす》れ、あそんでいた雪のせいの親子は、

「たいへんよ、ぼうや。空でおじいちゃんがよんでいる。」

「ママ、いっしょにあやまってね。」

「もちろんよ。いっけない。もうそろそろ朝がやってくるわ。」

というと、あわてて帰っていきました。

雪はようやくおさまりました。しかし、ひとばんにふりつもった雪は、七メートルにもなっていました。これは、例年にない大雪です。テレビの天気予報《よほう》は大《おお》はずれ。明日《あした》の朝のニュースは、特別気しょう情報《じょうほう》が組まれ、おわびから始まることは、ほぼまちがいないでしょう。

外のさわぎを何も知らないエッちゃんは、かんづめの中に子どもがいると聞いて、びっくりぎょうてんです。テーブルをぽんとたたくと、かごにのっていたりんごの山がくずれ床《ゆか》にこぼれおちました。

「ほんとうよ。」

ミッチーはまじめな顔でいうと、りんごをひろいはじめました。

「またぁ、ミッチーったら、よっぱらっているものだから、あたしをからかってるでしょう。そりゃあ、モモからはもも太郎、竹からはかぐや姫がでてきたけれど、どれもみんなおとぎ話だもの。まさか、かんづめから子どもなんてねぇ。」

エッちゃんには、まったく信じられません。

「からかってなどいないわ。エッちゃん、わたしを信じてよ。」

ミッチーがみけんにしわをよせ、テーブルをぽんとたたくと、またかごにのっていたりんごの山がこぼれおちました。せっかくひろいあげたのにだいなしです。

「またたわ。エッちゃん、このりんご少し食べてへらした方がいいかも。」

「やきりんごでもつくろうか。そうそう、りんごパイもおいしいよ。あたし、おかしづくり得意《とくい》なんだ。ふるさとのトンカラ山にいる時、魔女《まじょ》ママが、よく教えてくれたっけ。」

「楽しみにしてる。でも、あとでいいわ。」

ミッチーは、また、りんごをひろいはじめました。

「そうだ。今は、かんづめの中に子どもがいるって話だったわ。うふふっ、わたし、ミッチーを信じることにする。そうねぇー、男の子だったら、『かんづめ太郎』、女の子だったら、『かんづめ姫』とでも名づけようかしら…？　ところで、ミッチー、もし、この中から子どもが出てきたら、今度はあたし、ふっきんを百回、二百回、いえ、千回してもいいわよ。」

エッちゃんは、ミッチーをからかうようにいいました。かけをするなんて、口では信じるといいながら、信じてないしょうこです。ミッチーは、ちょっぴりくやしくなりました。

「オッケー！、エッちゃん、今いった言葉、よーくおぼえておいてね。魔女《まじょ》どうしのやくそくよ。さあ、あけるわ。しまった！　かんきりを忘《わす》れてしまった。」

さっきのいきおいはどこへやら、ミッチーはへなへなとその場にしゃがみこんでしまいました。

「かんきりならここにもあるわ。」

「だめ、ふつうのじゃきれない。おどろくほどかたいのよ。」

　せんようのかんきりがなかったら、かんづめはあきません。ミッチーは、あわてんぼうの自分をせめました。

（わたしは、何のためにここにきたのかしら？）

「ここにあるわ。かんづめといっしょに、もってきたの。」

というと、ララは深いぬま色をしたかんきりをミッチーに手わたしました。なんて、心強いあいぼうでしょう。

「ララ、あんたは何てかしこいのかしら。」

ミッチーはかんきりを持つと、いきおいよく立ちあがりました。まるで、しぼんだ風船《ふうせん》が一気にふくれあがったみたいです。

「ミッチー、きずつけないようにゆっくり、ゆっくりよ。」

ララは、とつぜんきびしい表情《ひょうじょう》になっていいました。ジンは、ララの言葉に、

「このかんづめには、まちがいなく子どもが入っている。」

と、かくしんしました。

　ミッチーはかんづめの上と下をたしかめ、ふたをていねいにふくと、何やらぶつぶついいました。

「セマサヲメウロタマゴ！　セマサヲメウロタマゴ！　セマサヲメウロタマゴ！」

かんきりをつかみ、大きく深呼吸《しんこきゅう》すると、最初のひときりを入れました。そして、ゆっくりと上下に手を動かしはじめました。やがて、かちっと音がして、かんのふたはまるく切りとられました。

「一周したわ。」

ミッチーがいいました。

「ええ。」

というと、エッちゃんはごっくんとつばをのみこみました。その音がジンにもララにもはっきりと聞こえると、いっきにきんちょうがつたわってきました。

「さあ、ふたをとるわよ。よく、見て！　その前に、ひとつだけお願《ねが》いがあるの。エッちゃん、これから何が起こってもおどろかないでね。この中にいる赤んぼうはここで生まれ、この地球《ちきゅう》

がふるさとになる。安心して、たん生《じょう》させてあげたいの。」

エッちゃんは、小さくうなずくのがやっとでした。

ミッチーの手はぎん色のふたをつかむと、すばやく、上に持ち上げました。今まさに、中はまるみえ。さえぎるものは、何ひとつありません。

エッちゃんは、おそるおそるかんづめをのぞきこみました。と同時に、ミッチーもジンもララも顔をはさみました。かんづめの上には、四つの顔が、まるで花びらのようにならびました。

さて、かんづめの中には何があったでしょう。八つの目が見たものはいかに?

その時です。とつぜん、イナズマが光りカミナリがなりました。それは、お日さまが、ちょうど地平線に顔をのぞかせたしゅん間のことでした。

「ピカッゴロゴロゴロ、ピリピリララ、ゴロロゴロロロドッカーン!!!」

空一面に、われんばかりのらいめいが、ひびきわたりました。お日さまは、あわてて顔をひっこめました。もう少しで、大やけどをするところでした。

「あー、よかった。」

お日さまは、ほっとしてむねをなでおろしました。

空は、じまんの体を四方八方にひきさかれて、ないているようでした。大つぶのなみだを地上にポロポロとおとしました。

「心配しなくて大じょうぶ。わたしが、すぐになおしてあげる。」

地平線のかげで、このようすを見ていたお日さまは、つぶやきました。お日さまは、何をかくそう、この広い宇宙《うちゅう》の、『超一流《ちょういちりゅう》のお医者さん』だったのです。

あれほど大きな音がしたのです。カミナリがどこかにおちたことは、ほぼまちがいないでしょう。

四人のさけび声は、部屋《へや》をとびだし、野山をもうスピードでかけていきました。

そのしゅん間、かんづめの中から、

「オギャー、オギャー！」

という、それはもうけたたましいなき声があがりました。

カミナリに負けないほど元気なうぶ声でした。赤んぼうが、この世に生をうけたしゅん間でした。

四人がかんづめの中に見たものは、まぎれもなく赤んぼうでした。すっぽんぽんで、横たわっています。ふつうとちがうのは、体が大人の人さし指くらいの大きさだということでした。

「こんな大きなうぶ声をあげるなんて、人形じゃない。ほんものの子どもだわ。」

エッちゃんが、ぽつりとつぶやきました。

「その通りよ。だから、さっきからいってるわ。」

赤んぼうはビービーとなき、なきやむようすがありません。ミッチーがなれた手つきでだきあげ、

「よしよし。おまえはかわいい子だね。世界一りりしいよ。」

といって、人さし指でせなかをかるくたたくと、赤んぼうはぴたっとなくのをやめました。

ミッチーには、三人の子どもがいましたので、赤んぼうをあやすのは得意中《とくい》の得意《とくい》だったのです。

その時、ふしぎなことが起こりました。あやすほどに、赤んぼうの背がみるみる高くなった

のです。どのくらいのスピードかっていうと、一びょう間に一センチほどのわりあいです。十センチ、十一センチ、十二センチ、十三センチ…。一体、どこまでのびていくのでしょう。もしも天井をこしたら、ここにはいられなくなってしまいます。エッちゃんが心配をしていたら、三十センチほどで、とまりました。

背がのびるごとに、顔つきも、変わってきました。毛虫がアゲハチョウに変化するように、あどけない子どもから大人へと、あっという間に、成長《せいちょう》をとげたのでした。まるで、『人間の成長《せいちょう》』のビデオを、早送りで見ているような気分です。赤んぼうは、今たしかに大人に成長《せいちょう》していました。

どうして、大人だとわかったかって？　それは、顔のどまん中に、かわいいちょびひげがあったからです。だって、赤んぼうや子どもにはひげがないでしょう。

さてさて、赤んぼうから大人になるまでの変身時間は、わずか一分弱。すごいでしょう。ところが、ミッチーは、だいていられなくなってすぐにおろしました。手が、しびれてきたのです。それもそのはず、体重は一キロから三キロほどになっていました。

「大人、いっちょうできあがり！」

ジンが、こうふんしてさけびました。

カップラーメンだって、できあがるまでに三分はかかります。ところが、三分の一のスピードで、大人が一人できあがったのです。

「ミッチーのいってたこと、ほんとうだったんだ。まるで、ゆめみたい。」

エッちゃんは、目を白黒させていいました。

「ハロー！　ゆめちがう。」

生まれたてのひげの男がいいました。てっきんがひびくような金属音《きんぞくおん》の声でした。もし、てっきんがしゃべったら、こんな声になるのかもしれません。合唱《がっしょう》をしたら、ぜったいにテノールがいいと、エッちゃんは、勝手に思いました。

「そうね、あなたがいる。」

エッちゃんが、男のかたにさわっていいました。ゆうれいではないことを、たしかめたかったのです。

「ミッチー、実験《じっけん》は、大成功《せいこう》！」

ララがさけびました。

「ええ、やったわ。」

ミッチーが、うれしそうにいいました。

「実験《じっけん》？」

エッちゃんが、ふしぎそうな顔でたずねました。

「この子の名前は、『ゴマタロウ』っていうの。おもしろい名前でしょう？　どうしてかっていうと、ごまから生まれたからなの。」

「ごま？」

「ええごまよ。でも、ただのごまじゃない。おへそのごまなの。つまり、いいかえると、パパとママが、おへそのごまってこと。」

「一体、どういうこと？　わたしには、わけがわからない。」

エッちゃんは、きつねにつままれているような気分になりました。

「うふふっ、わからなくてとうぜんよ。わたしだって、今、実験《じっけん》に成功《せいこう》してこうふんしているくらいだもの。多分、わけなどないわ。これはもう、『きせき』としか説明のしようがないことなのよ。エッちゃん、強く願《ねが》えば、世の中にきせきは起こるものなのね。ところで、どうして、こんなむちゃなことを思いたったかって、ふしぎに思うでしょう? わたしね、最近、地球《ちきゅう》の人間たちの心が病《や》んでいるって知って、いてもたってもいられなくなったの。あっちこっちで事件の連続《れんぞく》。悪質《あくしつ》ないたずらや物とり、戦争《せんそう》、自殺《じさつ》する人もたえないっていうじゃない。わたしが住んでいたころは、いやな事件もなくて毎日がほんとうに楽しかった。人間界で、たぶん、エッちゃんは苦しんでいるにちがいない。わたしにできることは、ないだろうかって必死に考えた。だって、エッちゃんは、わたしの大切なまごだもの。」

ミッチーは、ひとことひとことをかみしめるようにいいました。

「ありがとう、うれしいわ。だけど、どうして、地球《ちきゅう》のことがわかったの?」

「わたしたちは、『あの世』に住んでるの。エッちゃんの住んでるここは、『この世』。わたしも、以前ここにいたけど、死んであの世の住人になった。あの世には、『宇宙《うちゅう》テレビ』があって、地球《ちきゅう》のことはもちろん、他の天体のことも、すべてわかるようになっているのよ。すごいでしょ。あの世から、この世へは、ある修行《しゅぎょう》をすればだれでもこれるしくみになっているわ。でも、それは、この世に住んでいる人にはひみつ。もし、しゃべってしまったら、もう二度とあの世から、この世へはこれなくなってしまう。」

ミッチーは、口に人さし指をあてていいました。

「宇宙《うちゅう》テレビってすごいのね。わたしも見てみたいな。」

「ええ、知りたいことは、何でもわかるの。見せてあげたいけれど、今はむり。まだ、死にたくないでしょう？　話をもどすけど、人間たちの心が病《や》んでるって知って、わたしは、考えに考えた末、ゴマタロウを創造《そうぞう》したの。おいで！」

というと、ミッチーは、ゴマタロウを手まねきしました。部屋《へや》をうろうろしているゴマタロウが目に入ったのです。

　ゴマタロウがよっていくと、ミッチーは、自分のひざの上にちょこんとのせました。ゴマタロウは、少しばかりきんちょうしてすわりました。

「それにしても、話がきばつすぎやしない？　ごまから命がやどるなんて話、今まで聞いたことがない。ミッチー、さっき、このことを『きせき』ってよんでたけど、わたしには、まだよくわからない。あのね、きせきにもいろいろあって、『可能性が信じられる』ことと、『可能性が信じられない』ことがあると思うの。今回のことは、後者。きせきといわれても、今ひとつぴんとこないのよねぇ。」

エッちゃんは、首をかしげていいました。まだ、なっとくできないのでしょう。とうぜんといえば、とうぜんすぎます。

「この実験《じっけん》は、ひとつのかけだった。成功の確率《かくりつ》は、限りなく0パーセントに近い。だって、ごまから命が生まれた例などひとつもないでしょう。これは、さっき、エッちゃんが指摘した通りよ。でも、まったく0とはいえないわ。実験《じっけん》を行う以上、成功の確率は小さくても必ずやあるはずでしょう。だからこそ、きせきは存在《そんざい》する。いえ、もっと正確にいうと、存在《そんざい》したんだわ。どうして、へそのごまに目をつけたかっていうと、ママののこしてくれた、『へそのお』だったの。それがヒントとなって、わたしの研究が始まったのよ。」

「へそのお？　それって、おへそについてたひもでしょ。それが何か？」

エッちゃんはパジャマの上から、自分のおへそをさわり、たずねました。

「ええ、そうよ。へそのおは、赤んぼうのおへそについてたひものこと。だけど、ただのひもじゃない。かけがえのない命のひも。ひもがパイプの役わりをはたして、母から子へとえいようがおくられるんだもの。いいかえれば、『母と子をつなぐ命のかけ橋』かしらねぇ。生まれたら、へそのおは切られ、しわしわのどうくつになる。それがおへそ。おへそがなかったら、どんな動物だってたん生《じょう》はないわけよ。ねぇ、エッちゃん、おへそってすごくいだいでしょう？」

「ミッチー、そこまではよーくわかる。」

エッちゃんが、大きくうなずきました。

「オッケー、それじゃ話を進めるわね。次に焦点《しょうてん》をあてたのが、へそのごまだったの。つまり、命のひもを切った後、しわしわのどうくつにたまる黒いこなに注目してみたの。わたしは、以前から、『いだいなものに集まるものも、やはりいだいである。外に見えずとも、何か見えないパワーがひそんでいるものである』ってかくしんしていたものだから、すっごくきょうみがあったの。それで、へそのごまには、何かすごいパワーがあるはずだってにらんだの。」

ミッチーは、ゴマタロウをのせたひざをぽんぽんとうごかしました。ゴマタロウがつまらなそうにしていたので、気をつかったつもりでした。でも、じっさいは大ちがい。ゴマタロウは、二人の話にむちゅうで、耳をかたむけていたのです。

「へーえ、そうなんだ。人間たちの間では、高価なものっていうより、単にあなにたまるあかやほこりだと考えられていて、じゃけんにあつかわれているわよ。ただし、『ごまをとるとおなかがいたくなる』なんて、迷信《めいしん》があったりして、あまりほじくる人は見ないけれどね。」

「人間界ではそうなんだ。なんだか、おへそのプライドが、きずつけられたみたいでいやな気分だわ。この世に生をうけるために、いっしょうけんめい働いてきたのに、生まれたとたん、はいさよなら！　その後、まったくおかまいなしだなんて、何だかさびしいわね！　いぎょうをなしとげたものが、仕事を終えたとたん見向きもされないなんて…。」

ミッチーはさびしそうにいうと、また、ひざをぽんぽん動かしました。


「ところでさ、ミッチー、かんじんのことを聞くけれど、へそのごまにパワーはあったの？」

エッちゃんのひとみは、このとき、ぎんぎらぎんにかがやきました。たぶん、真夏のお日さまだってかなわないでしょう。

「よくぞ聞いてくれたわ。さすが、エッちゃん。あのね、さっきもいったけど、へそのごまが、この子を生んだの。ごまにパワーがあったことは、明白。いだいなる事実だわ。『特別のきせき』を生みだしたのよ。ごまにパワーがあったことは、明白。今後、地球《ちきゅう》でも、科学の進歩としてへそのごまがとりあげられることは、確かでしょう。あのね、エッちゃん、もうひとつ、ひみつがあるの。ゴマタロウは、ただの子じゃない。おどろくなかれ、かみさまの子どもなの。体は小さいけれど、何でもできる。どんな冷たい海だって、クジラのようにすいすいと泳ぐわ。野原を走らせれば、チーターだって目を丸くするはずよ。」

「ゴマタロウって、何でもできるのね。まるで、スーパーマンみたいだわ。」

エッちゃんが、おどろいていいました。

「ゴマタロウが、どうしてそんな力を持ちあわせたかってふしぎでしょう？　じつは、ごまの持ち主の遺伝子《いでんし》が、かなりえいきょうしていると思うの。だって、ゴマタロウのパパがクジラで、ママがチーターなのよ。二しゅるいのへそのごま、すなわち、わたしは『命のたね』とよんでいるのだけれど、それらをかけあわせてゴマタロウはできあがった。正確にいうと、それだけじゃたりないんだけどね。シャーレにいれた二しゅるいのへそのごまに、水をたっぷり与《あた》えるの。水といってもただの水じゃだめよ。命の泉からくんできた、じゅんすいで清らかで尊《とうと》い物でなくちゃならないわ。へそのごまは、水をよくすうのね。一日で、シャーレがからからになった。それを、十ヶ月間、およそ、三百日間、毎日たやすことなく、与《あた》え続けたわ。その時、『かみさま、ここに新しい命をさずけてくださいませ。』って、いのりをささげるの。一ヶ月ほどで、たまごができる。三ヶ月ころになると、頭と体がわかれ、六ヶ月になると目や鼻や口、耳などができたわ。じょじょに、人間としての機能《きのう》がそなわり、およそ十ヶ月ほどで赤んぼうのすがたになった。その時、かみさまからのおつげがあったの。『この子は、人間の苦悩《くのう》を救うために生まれてきた。かみさまの子じゃ。』わたしは、どんなにうれしかったでしょう。すぐ真空パックにして、ここにきたってわけ。」

　ミッチーの言葉に、ゴマタロウはうろたえました。

（おいらが、かみさまの子ども？）

「どうして真空パックにしたの？」

エッちゃんには、ふしぎでなりません。パックなどにせず、そのままつれてきたらいいのにと思ったのです。

「あのね。赤んぼうは、生まれた場所をはだで感じとり、ここが自分のふるさとなんだって思いこんでしまうものなの。生まれたての赤んぼうは、目が見えない。けれど目に見えない何かを、びんかんにかぎとってしまうのね。エッちゃん、わたしが住んでいるのは、『あの世』なのよ。

いくらなんでも、こんな小さな子にまだ早いでしょ。この子のふるさとは、現世《げんせい》。つまり、『この世』にしたかったの。それで、真空パックにして、この世にいるエッちゃんのところへとんできたってわけ。」

「そんなわけがあったなんて…。ミッチーって、よく考えてるんだね。すごいよ。だから、きがえる時間もなかったんだ。」

ミッチーが、ていねいにていねいに説明してくれたので、今度は、エッちゃんも少しわかったようでした。

「わたしは、かんづめ魔女《まじょ》とよばれてるくらいだから、どんなものでも、真空パックにしちゃう。空気に触《ふ》れると、物はくさりやすくなるでしょう。だから、鮮度《せんど》を保《たも》つために、空気をぬくの。今まで、失敗《しっぱい》などしたことないわ。サッチョンパッて、かんづめにしちゃう。でも、今度ばかりは、どきどきしたわ。だって、考えてみて。赤んぼうを真空パックにするのよ。はじめての生き物。しかも、かみさまの子どもときてる。かんづめの中は、空気がない。つまり、息がすえない状態なんだもの。ひとつまちがったら死んでしまう。いいえ、正確にいうと、生存の確《かく》率《りつ》の方が少ない。呼吸《こきゅう》ができなかったら、すぐに死んでしまうでしょう。わたしは、あきらめようと思った。危険なことは、あえてやらない方がいいでしょう。その時、耳元《みみもと》でこんな声がしたの。『あのな、ミッチー、かんづめの中を、あの世とこの世の移動《いどう》空間にすればいい。一しゅん、時をとめるんじゃよ。かんづめをあけた時、時は進む。したがって、かんづめをあけるまで、赤んぼうは年をとらない。つまり、息をする必要がなくなるってことじゃ。これで、真空パックにしても、赤んぼうの生命は保《たも》たれる。移動《いどう》空間の作り方は、『魔女《まじょ》の修行《しゅぎょう》読本スーパー編《へん》』の三千五百七十二ページにでておる。けんとうをいのる！』ってね。かみさまの声だった。つまり、かんたんにいうと、こういうことなの。ワゴムを二つ、まじわるようにおくとするでしょ。一方がこの世で、もう一方があの世。まじわったところが、移動空間《いどう》。つまり、かんづめってわけ。この中は時が止まってる。ところが、かんづめをあけると、とつぜん時は動き出す。さっき、赤んぼうがみるみる大きくなったでしょう。あれは、この世の空気をすい、とまっていた分の成長《せいちょう》をとりもどしたってことなの。この世の成長は、あの世の百倍だって書いてあったわ。」

ミッチーはここまでいうと、ゴマタロウをひざからおろしました。重くなったのです。すると、ゴマタロウは、ミッチーの方を向き直り、

「ミッチーのおかげで、おいらが生まれた。ミッチー、ミッチー、ありがとう。おいら、人間の苦しみを救うために努力するよ。」

と、しっかりいいました。それは、ゴマタロウが、自分を創造《そうぞう》してくれたいだいな母に語った初めての言葉でした。

「てれるわ。」

ミッチーは頭をかきました。ゴマタロウは、何だかうれしくなって、部屋《へや》をくるくるかけ回りました。

「この世ってはかないのね。あの世の一年が、この世の百年にそうとうするなんて…。すぐに死んでしまうってことでしょ。」

エッちゃんは、ゴマタロウと反対にかなしくなってきました。

「でも、死ぬというきょうふは、五十才だろうと、百才だろうと、一万才だろうと、かわらない

って、ママがいってた。けっきょく、死ぬ時はいっしょなのよ。次第に、心のじゅんびもできあがるらしいわよ。えっ、自分のこと？　もう忘れちゃたわ。さっきいったママっていうのは、エッちゃんの祖先《そせん》にあたるわけだけど…。時間の研究をしてたから、『時の魔女《まじょ》』ってよばれてたらしいわ。知らないでしょ？」

ミッチーが、目をぱちくりさせてたずねました。

「時の魔女《まじょ》？　ごめんなさい。ミッチー。よくわからないわ。あたしが、千代目だから、たくさんのご先祖《せんぞ》さまがいるわけだけど…。まだまだ、勉強不足ね。」

といって、わらいました。わらったら、元気が出てきました。

ゴマタロウは、まだ部屋《へや》をかけ回っています。チーターの遺伝子《いでんし》をもっているのです。きっと、おなかがすくまで、走り続けるにちがいありません。ジンもララも、ついついつられてかけ回りました。エッちゃんの部屋《へや》で、とつぜん、運動会が始まったようでした。

7　テツロウはかみさまの子

ミッチーがいいました。

「あのね、もうひとつ、おもしろい話があるの。エッちゃん、聞いてくれる。」

「もっちろんよ。ミッチー、せっかくきたんじゃない。わたしのおばあちゃんでしょ。えんりょなく何でも話して！」

エッちゃんがいうと、ゴマタロウは、

「おいらも聞いていいかい?」

と、心配そうな顔をしてたずねました。

「ええ、もちろん。あなたのことだもの。」

というと、ミッチーは語りはじめました。

「一年ほど前のあるばんのこと、大きなカミナリさまがなったの。いつだったか、友だちの魔女《まじょ》にカミナリさまは、『おへそちょきん』をしてるって聞いたことがあったの。わたしは、とつぜん、ひらめいたの。そうだ! カミナリさまなら、たくさんのおへそをもっているにちがいない。ひとつ、わけてもらおうってね。いそいで、カミナリさまのところへむかったわ。『泳ぎの上手《じょうず》なトビウオと、足の速いチーターと、歌のうまいヒバリのおへそをください。』っていったら、かみなりおやじったら、大わらいして、『この地球《ちきゅう》ができて三十五億年たつが、トビウオとヒバリのへそはないよ。悪いが、帰ってくれ。』っていうじゃない。よく考えたら、おへそがあるのは、ほにゅう類だけ。あわてて、『それじゃ、クジラにして!』とたのんだの。そしたら、『ほらっ。』といって、クジラとチーターのおへそをわけてくれた。そんなわけがあって、ゴマタロウのパパとママがきまったの。」

「なんだか、おいら、てきとうに生まれたってかんじだなあ。」

ゴマタロウは、やや不満そうにいうと、エッちゃんは、

「それが、あなたの必然《ひつぜん》だったの。てきとうなようで、じつは、かみさまの確かな計算があった。わたしには、そう思えるの。もし、他のおへそだったら、ゴマタロウはここにはいない。他のすがたをした生きものが、生まれていたはずだもの。これで、よかったのよ。あたし、あなた

に会えて、とってもうれしいの。」

エッちゃんは、ゴマタロウのことがすっかり気にいってしまったようです。

「あらまっ、ゴマタロウったらよかったわね。さっそく、エッちゃんに気にいってもらえたみたいよ。それなら、話ははやいわ。」

「ミッチー、おいら、ゴマタロウって言う名前、いやじゃないんだけど、なんだか、しっくりこない。もっと、おいらにふさわしくてかっこいいのがいいな。」

ゴマタロウが、まじめくさっていいました。

「黒い顔をしてるから『黒豆タロウ』はどうかしら？　それとも、『ブラックタロウ』、あるいは、『イカスミタロウ』なんて。」

エッちゃんが、ふざけていいました。

「そんなの、ゴマタロウよりいやだ。もっとましなのがいい。」

ゴマタロウは、ふくれていいました。

「それじゃ、福がくるように『フクタロウ』とか？　他には、人間たちに元気を与《あた》える『元気タロウ』とか、かんづめから生まれたから『カンタロウ』は？」

ミッチーがいいました。

「はっきりいって、どれも、気にいらない。しっくりこないんだ。うーん。何か、いい名前はないかなあ。」

ゴマタロウは、首をかしげました。

「テツタロウはどうかな？　テツタロウのテツは『徹』って書くんだけれど、物事をつらぬくとかやりとげるって意味なんだ。えっと、それから、目標に達するとか、とどくっていう意味もある。君の地球《ちきゅう》での役目は、『人間の苦悩《くのう》を救うこと』だろう？　人間たちを、苦しみから救うことに全力をあげて努力するって、君らしくってちょっとかっこいいんじゃない？」

ジンが口をはさみました。ジンは、ちしきがほうふで、何でもよく知っています。

「すごい、ジンて頭がいいのね。」

ララは、感心していいました。

「そうか、いいわね！」

「いい、いい！」

ミッチーとエッちゃんも大さんせいです。

「テツタロウか、できれば、おいら『テツロウ』がいいな。その方が強そうで、ぴったりくるんだ。」

ゴマタロウは、黒いほっぺをかがやかせていいました。

「オッケー、決まり！！！　今から、あなたの名前は、『テツロウ』よ。」

ミッチーがさけびました。

　カーテンをあけると、やわらかなひざしが入ってきました。

「朝だわ。」

エッちゃんはまぶしくて、一しゅん、目をほそめました。あたりは、きのうふりつもった雪でどこもかしこも真っ白です。

　空には、いつの間にか、まるがおのお日さまが顔を出していました。さっきのあらしはどこへやら。

あっちこっちひきさかれた空の体は、お日さまのやさしい光をあびると、すぐに元どおりになりました。ぬけるような青い色をして、ゆらゆらゆれています。

「あの色は真夏の色ね。」

お日さまがほほえみました。空は、あんまり気持ちがよかったので、まちがえて夏用のようふくにきがえてしまったのです。いたずら好きなお日さまも、

「わたしも負けちゃいられないわ。」

といって、光のうでをぐっと強くしました。そうです。真夏用です。

おかげで、七メートルふりつもった雪が、明け方には、なんと二メートルまでとけていました。そうでなければ、エッちゃんの家は雪ですっぽりとうまり、外にでることはできなかったはずです。なんて、幸運だったでしょう。

ミッチーは、空をながめると、

「さいこうの朝ね。さてと、用件も終わったし、わたしは帰るけど、ララはどうする？」

「決まってるでしょ。ミッチーのあいぼうだもの、どこまでもついていくわ。あんた、わたしがいないと、何もできない。きっと、こっちにいても、心配でゆっくりしていられない。そばにいた方が、まだましよ。」

ララはそういうと、ジンの方をちらっと見ました。

「ララ、また、いつか会おう。」

ジンが、こころなしかさびしそうにいいました。

「ええ、ジンも元気でね。」

ララは、ふりかえらずに戸口にかけだしました。

「まって、ララ!」

ミッチーは、あわてて後をおいました。

「もう行くの?」

エッちゃんがいいました。

「ええ、行くわ。わたしは、あの世の住人《じゅうにん》だもの。ながいはできない。ひとつだけ、おねがいがあるの。テツロウは、たった今、この世で生まれた。りっぱな地球人《ちきゅうじん》よ。なかよくしてね。エッちゃん、たのむわよ。」

「ミッチー、わかったわ。テツロウはかみさまの子。きっと、人間たちの心をいやしてくれるにちがいない。地球《ちきゅう》がしあわせになったら、れんらくするね。でも、ミッチーの電話番号がわからない。」

エッちゃんは、大あわてでいいました。

「大じょうぶよ。宇宙《うちゅう》テレビで地球《ちきゅう》のようすは毎日見てるから、こちらかられんらくをするわ。」

ミッチーは、わらって外にでました。

エッちゃんと、ジンと、テツロウが、外にでると、二人のすがたはもう見えませんでした。

8　心のマッサージやさん

テツロウは、ジャズが好きでした。どれくらい好きかっていうと、三度のめしより好きでした。朝起きると、まずジャズ。

「テツロウ、朝ごはんよ。」

エッちゃんがよぶまで、しんけんな顔でサックスをふいています。食べた後は、やっぱりジャ

ズ。

「テツロウ、昼ごはんよ。」

エッちゃんがよぶまで、しんけんな顔でサックスをふいています。食べた後は、やっぱりジャズ。

「テツロウ、夕ごはんよ。」

エッちゃんがよぶまで、しんけんな顔でサックスをふいています。食べた後は、やっぱりジャズ。

一日がジャズで始まり、ジャズで終わりました。

ある日、テツロウは、

「おいら、どうして、こんなにジャズが好きなんだろう?」

と、ふしぎに思いました。でも、いくら考えても、わかりません。

ことの始まりは、そう、あの日。テツロウが、かんづめからとびだした日です。ミッチーとララが帰った後、かんづめのそばにサックスがころがっていたのです。

テツロウは、サックスを何気なく手にとると、なれた手つきで指をおさえました。

「初めてなのに、どうして、指の位置《いち》がわかるんだろう?」

マウスピースに息をふきこむと、いい音がしました。

「初めてなのに、どうして音がでたんだろう?」

その音は、みょうに、心にひびきわたりました。続けてふくと、リズミカルな曲になりました。ジャズでした。

どうしたわけでしょう? 目を閉じると、手がひとりでに動くのです。

「楽譜《がくふ》もないのに、どうして勝手に指が動くんだろう?」

テツロウは、あの有名な『エリーゼのために』や、『カルメン』、『G線上のアリア』、『くるみわり人形』などのクラシックをジャズ風にアレンジし、続けて演奏《えんそう》しました。その時、テツロウは、

「ああ、いい気持ちだ。あんまり、うれしくて、自分の名前を忘《わす》れてしまいそうだ。」

と、思ったほどです。

　エッちゃんとジンは、まちがいなく、

「テツロウは、ジャズの天才だ！」

と、思いました。


　サックスは、どこにあったかって？　みなさんのぎもんは、ごもっとも。おそらく、かんづめの中に入っていたのでしょう。どうしてだんげんできないかっていうと、だれも見ていないからです。でもね、テツロウが来るまで、エッちゃんの部屋《へや》にはなかった。というわけで、かんづめの中だと予想《よそう》されたわけです。

　もしかしたら、かんづめにする時、ミッチーが、まちがえて入れてしまったのかもしれません。それにしては、テツロウとサックスは、ぴったり。あいしょうがよすぎます。

　サックスは、もえるようなバラ色をしていました。ふつうは、黄金色《こがねいろ》をしているでしょう？　でも、テツロウのサックスは、とうめいなガラスみたいにキラキラとかがやいていました。

「ガラスなんかじゃない。これは、ル、ルビーだ。」

ジンが、ひとみをかがやかせました。

「どうりで、まぶしいと思ったわ。指輪にしたら、いくつできるかしら？」

エッちゃんが目をほそめ、うっとりしていいました。

「ばかなこといわないじゃない。あんたさ、へんなこと考えたら、しょうちしないよ。」

ジンは、ぷりぷりしていいました。

「じょうだんにきまってるでしょ。ジン、あんたは、じょうだんのひとつもわからない、カチンコチンのかたぶつだわ。そんなことじゃ、友だちもできないわよ。」

「ぼくには、ララがいる。」

ジンは、つぶやきました。顔が赤くなったようでした。

ともかく、テツロウにとってサックスは欠かせない、親友のようなものでした。サックスにとっても、テツロウに出会えたことは最高のしあわせ。自分の音色を最大限に表現してもらえる相手に演奏《えんそう》してもらっているのです。

二人は、出会うべくして出会った、大れんあいの末むすびついた、カップルのようでした。きっと、運命の赤い糸でつながっていたにちがいありません。そう思えるほど、テツロウの演奏《えんそう》は、すばらしかったのです。

今、思えば、サックスを演奏《えんそう》するのが、テツロウの運命だったにちがいありません。

それにしても、パパとママが、クジラとチーターなのに、テツロウがどうしてジャズ好きになったのかは、宇宙《うちゅう》の七ふしぎです。ミッチーは、あの時、カミナリのおやじに、

「ヒバリのおへそはない。」

と、いわれてあきらめたのです。ヒバリは歌の名人。演奏《えんそう》がうまいといっても、なっとくがいきます。エッちゃんは、

「遺伝子《いでんし》は、あてにならないわね。」

というと、ジンはぶあつい生物学の本、『最新版・動物たちの遺伝子《いでんし》の研究』をぺらぺらめくって、

「突然変異《とつぜんへんい》ということもある。」

といいました。テツロウが突然変異《とつぜんへんい》でこうなったのか、それとも、クジラとチーターのへそのごまをかけあわせると音楽好きになるのかは、今のところしょうめいできません。文献《ぶんけん》でしょうめいするためには、たくさんの実例がひつようです。今回のように、実例がたったひとつでは、まったくお話になりません。なんだか、お話がそれてきたようです。もとにもどしましょうね。

「あっ待って！　その前に、ジャズって、どんな音楽なのかって？」

ごめんなさい。みなさんにお伝えするのを、うっかり忘れていました。ここで、かんたんに、せつめいしましょう。ジャズは、アメリカ南部の黒人の間でたん生《じょう》した民衆《みんしゅう》の音楽です。アフタービートによる力強いリズムが特色で、その場のふんい気にあわせ、そっきょう演奏《えんそう》するのが命とされます。ふつうは、集団で演奏《えんそう》しますが、テツロウは一人きりでした。でも、テツロウの演奏《えんそう》は、ちっとも弱くない。ふしぎなことに、ぴんとはった糸のように力強くひびいてくるのでした。

　あの日以来、テツロウは、毎日、サックスをふきならしました。どしゃぶりの雨の日も、台風十号が上陸した日も、ふぶきの日も、かぜをひいて熱のある日も、すいみんぶそくで頭がいたい日も、ミルクをのみすぎておなかがふくれた日も、練習をやめませんでした。ひまさえあれば、サックスを手にして曲づくりをしていました。

テツロウの手には、サックスだこができました。親指の外側が、ぷっくりとふくれあがり、かたくなっています。はじめは水ぶくれができていたかったのですが、今はへっちゃら。テツロウの演奏《えんそう》は、ますますさえわたってきました。

エッちゃんもジンも、テツロウの演奏《えんそう》を聞くのが日課《にっか》になりました。

いつの間にか、季節は、暑い夏になっていました。せい高のっぽのひまわりは、お日さまに首ったけ。首を三百六十度まわして見つめ続け、ついにこくはくしました。一方、ツキミソウは、お月さまに恋をして、真夜中に花を開きました。そのかわり、昼間はうとうといねむりをしていたので、虫たちは、

「昼間に花びらを開かないなんて最低!」

と口々にいい、おこっていなくなりました。

スイカ畑には、ボールのような頭にネットがかけられました。頭を形よくふくらませたおねえさんは、

「だれにとってもらえるかしら?」

と、うっとりしています。

とうもろこし畑では、緑のひげのけいさつかんが、茶のひげに色をそめて立っていました。あおばの森では、みんみんぜみの合唱《がっしょう》コンクールでも行われているのでしょう。いつもより、にぎやかな歌声がひびきわたっていました。

あるばんのこと。エッちゃんは、夕食のあらい物をしていました。その日は、少しよっていたこともあったのでしょう。うっかり手がすべり、ワイングラスを床《ゆか》におとしてしまいました。

おちたひょうしに、口のところが欠けてしまいました。

「あらまっ、どうしましょ。大切《たいせつ》なグラスがわれちゃた。」

エッちゃんは、かなしくなりました。

それは、ただのグラスではなかったのです。たん生日《じょうび》に、子どもたちが、おこづかいを出し合ってプレゼントしてくれた大切《たいせつ》なものだったのです。

エッちゃんの心は、まっ暗。まさに、どしゃぶりの雨でもふっているような気分でした。

「ああ、くやしい。もう少していねいにあつかえばよかった。」

グラスをかたづけながら、こうかいの気持ちがわきあがってきました。もう、グラスはもどってきません。

ジンは、だまってこのようすをみていました。今、どんなにやさしい言葉をかけたってむだ。なぜって、エッちゃんの心は、くりのイガみたいにとがっているのです。少しでもちかづけば、どなられることはまちがいありません。むだなことは、やらない方が得《とく》というもの。ジンはたいそうかしこいねこでしたので、声をかけるのをやめたのです。

テツロウは、いつものように、庭の見えるまどぎわでジャズの演奏《えんそう》をしていました。たまごやき色した三日月がほほえみ、一番星が、赤く光っていました。曲名は、ショパンの曲をアレンジした、『月光の曲』です。

いっしゅん、草むらがゆれました。気の早いコオロギのカップルがジャズを聞きにやってきたのかもしれません。

エッちゃんは、テツロウの演奏《えんそう》をしばらく聞いていると、心がだんだんと軽くなるのを感じました。さっきは、あんなにショックをうけていらいらしていたのに、演奏《えんそう》を聞くほどに、

「グラスがわれても、子どもたちとの思い出はなくならない。心のアルバムに、しっかりと焼きつけられているもの。」

という気持ちになり、少しすると、

「物は、いつかこわれてしまう。いつまでなげいていても、しかたないわ。」

という気持ちになり、また少しすると、

「ほらほら、あたしは魔女《まじょ》でしょ。子どもたちの先生よ。元気をお出し！」

と、自分を元気づけるまでに回復《かいふく》したのです。

　こんなこともありました。エッちゃんが、いつになくかたをおとして帰ってきました。ずっと思いをよせていた人が、けっこんしてしまったのです。

「これから、どう生きていけばいいの？　あたしの未来はまっ暗よ。」

エッちゃんが悲しい顔をしてつぶやいた時、テツロウの演奏《えんそう》が耳に入ってきました。しばらく聞いていると、

「あの人とは、しょせん、えんがなかったのよ。あきらめるしかない。」

という気持ちになり、少しすると、

「わたしには、他にすてきな人があらわれるわ。だから、しつれんしたんだわ。ああ、よかった。」

と、思えてきたのです。


　テツロウと生活するようになったエッちゃんは、身に起こるふしぎな体験に首をひねりました。日曜日のよく晴れた朝、エッちゃんは、ジンと散歩《さんぽ》を終えシャワーをあびていました。レモンのシャンプーが鼻をくすぐったしゅん間、テツロウの演奏《えんそう》が聞こえてきました。聞いている

うちに、心がはずんできました。ぽんぽんはずんで、ダンスでもしたい気分になったのです。

「やっぱり何かある。」

バスタオルを体にくるくるっとまくと、エッちゃんはそのままのすがたで、ソファーにこしをおろしました。

「ジン、あたしね、前々からずっと感じていたんだけど…。まさか、と思って口にはしてなかったの。テツロウの演奏《えんそう》が、かたくなったわたしの心をもみほぐしてくれるの。まるで、心のマッサージやさんみたい。はじめは、ただのぐうぜんと思ってたけど、どうやら、そうじゃないみたい。いつもなの。」

エッちゃんは、冷たいミルクをごくごくのみました。

「あんたもかい？　ぼくもさ。おちこんでいた時、演奏《えんそう》を聞いたら気持ちがぐっと明るくなったんだ。そういえば、あんたも、以前よりなやまなくなった。今までは、何かあるとぐちぐちなやんでいたのに…。」

ジンがいいました。

「ぐちぐちとは何よ。」

エッちゃんが口をとんがらせていいました。

「悪いかい？　本当のことじゃないか。」

「そうね。ジンの言ったこと、半分はあたってるかもね。テツロウの演奏《えんそう》が、わたしの心を明るくしてくれるの。曲に何かパワーがあるみたい。」

エッちゃんが、目をきらきらとかがやかせていいました。

「ああ、じつは、ぼくも同じことを考えていたところさ。テツロウの曲には、心を軽くするパワーがある。」

ジンのひとみも、かがやきました。

エッちゃんと、ジンの予想《よそう》は的中していました。テツロウは、なんと、『心のマッサージやさん』だったのです。演奏《えんそう》する曲には、病気をなおすための薬、つまり、目に見えない『無限《むげん》のエキス』がたっぷりとつまっていました。エキスの正体は、スッポンでもなくにんにくでもない。人のハートをしげきする『魔法《まほう》のメロディー』でした。テツロウの生みだすオリジナル曲は、どんな病気もなおしました。

テツロウは、しょうじょうにより、曲をかえました。軽いしょうじょうの場合には、一楽章で終わる短めの曲を、中くらいのしょうじょうの場合には、三楽章くらいのほどよい長さの曲を、重いしょうじょうの場合には、五楽章ほどもある、やや長めの曲を演奏しました。その場合は、いつもより曲をハードにアレンジしました。

テツロウの演奏《えんそう》は、どんな薬よりききました。同じ空間にいて、曲を聞くだけでいいのです。メロディーは、知らぬうちに人の心のひだに入りこんで、あっという間に、『心のこり』をなおしてしまうのでした。

心にも、こりはあるものです。でも、たいていの場合、本人はまったくといっていいほど気づきません。かたやこしがこるといたいものですが、心がこっても、いたみはないのですから…。

それだけに、自覚しょうじょうが出てくると、手おくれになる場合がほとんどです。テツロウは、ひどくなる前に心のマッサージをしてくれたのです。

そうそう、テツロウは、おしゃれにもけっこう気をつかっているんですよ。好きな色が白と黒ということもあり、その二色を使ってせいそにきめていました。

黒いエンビ服の上下は、テツロウのお気に入り。もちろん、くつもくつしたも、黒でした。

「男の正装《せいそう》は、やっぱりこうでなくちゃ。」

と、思っていたのです。

エンビ服は、せなかのすそが床につくほど長いのでした。あやうくつまずいてころびそうになったことも、一度や二度ではありません。でも、決して、短くしようとはしませんでした。コックさんが、ぼうしが長いほどどうでがいいといわれるのと同じように、すそが長いほど、一流の演奏家《えんそうか》だと思っていたのです。

あらいたての白いワイシャツには、いつの日も、しっかりとアイロンがかけられていました。朝、そでをとおした時、ほんのりとのりのかおりがするのでした。それは、テツロウにとって、ひそやかな楽しみでもありました。

トレードマークは、チョウネクタイです。白と黒のシックな色あいに、チョウネクタイだけは、カラフルにきめました。七色ありましたので、『月曜日は何色』というように、曜日でかえることができました。でも、テツロウは、そうせずに、その日の気分で決めました。

もちろん、せんたくとアイロンがけは、エッちゃんの仕事でした。

9　たっくんの言葉

魔女《まじょ》先生は、たっくんに、

「お名前は?」

と、たずねました。すると、たっくんは、くりくりしたひとみをもっとくりくりさせて、

「お名前は?」

と、くり返していいました。今度は、

「好きな食べ物は？」

と、たずねました。すると、たっくんは、はしゃいだようすで、

「好きな食べ物は？」

と、また、くり返していいました。そこで、今度は、

「あのね、そうじゃないの。たっくんは電車好き？」

と、たずねました。すると、たっくんは、うれしさをかくしきれないといった表情で、

「たっくんは電車好き？」

と、また、くり返していいました。そして、ガタンゴトンガタンゴトンといいながら、教室をかけ回りました。

たっくんは、電車が大好きでした。写真を見ただけで、そらで名前がいえました。

「どうしたら、いいのかしら？　毎日、このくり返し。たっくんたら、じょうだんでやっているんじゃないし、成長《せいちょう》がぜんぜん見えないわ。あせっちゃうな。」

魔女《まじょ》先生は、大きなためいきをつきました。


たっくんは、この春、入学したばかりのぴかぴかの一年生です。人とうまくかかわれずその場にそぐわなかったり、こだわりがあって変化することが苦手だったり、言葉がうまくしゃべれなかったりという理由で、ひまわり教室に入級してきました。

お母さんは、たっくんをつれてきた時、

「あんまりおうむ返しばかりではずかしいので、人前ではあんまり話さないようにしています。」

と、おっしゃいました。魔女《まじょ》先生は、

「何だかかなしいな。」

と思いました。そして、

「親として、とまどうことは多いでしょう。でも、どうか、他《ほか》の子とくらべないでほしいのです。はずかしいという気持ちは、くらべることで生まれます。程度《ていど》の差こそあれ、だれもが成長《せいちょう》する力を持っています。今のままのたっくんを、まるごと受け止めてあげてください。たっくんは、お母さんの子どもですが、尊《とうと》い命を持った一人の人間です。一人でなやまないでください。みんなで、どうしたらいいか考えていきましょう。」

と、いいました。すると、お母さんは目を丸くして、

「ありがとうございます。どうかよろしくお願《ねが》いします。」

といいました。ひとみがなみだでぬれていました。

あの日から、四ヶ月がたっていました。魔女《まじょ》先生は、どうしたらいいものかとなやんでいると、校長先生がやってきました。たっくんのおうむ返しがなおらないことを知ると、うーんと声をあげ、しばし考えてから口をひらきました。

「魔女《まじょ》先生、はじめにいっておくが、わしはこのてのせんもん家《か》じゃないので、てきとうに聞いてくれよ。たんなる思いつきじゃが、教育界のせんぱいとしていわせてもらおう。あのな、たっくんには、まず、自分の思いを持つことを教えたらいい。たぶん、これが一番むずかしいと思う。どうすればいいのかって？　すまんな、わしにもわからんのじゃ。あはは、これじゃアドバイスになっとらんな。それができたら、次に、思いを言葉で表現すること、その時、自分の思いを人に伝えることは楽しいということがわかったなら、たっくんのおうむ返しはやむだろう。魔女《まじょ》先生、おおざっぱで、たいした答えにはなっとらんが、いかがかな？」

というと、めがねをあげ心配そうな顔で魔女《まじょ》先生の顔を見ました。ゴリラのようにこわそうだった黒い顔が、みるみるうちにやさしい顔にかわりました。魔女《まじょ》先生は、笑顔になって、

「ええ、やってみます。」

と、いいました。はりのある声でした。

　エッちゃんは、わさび色のノートをとりだすと、さっそく、アドバイスの言葉をメモしました。このノートは、何でも帳。重要なこと、心にひびいたことは、何でもかきとめておきます。いざという時、役にたちました。トンカラ山からでてきて、十年間、このノートは、エッちゃんのバッグで呼吸《こきゅう》しています。黄色く変色した紙には、アリさんの行列のように黒い文字がびっしりとならんでいました。


　エッちゃんは家に帰ると、さっそくジンにそうだんしました。

「あのね、自分の思いを持つって、どんなことかな?」

「思いっていうのは、他の言葉でおきかえると、自分なりの考えのことだろう?　自分なりの考えは…、おそらく頭にある脳《のう》の中で生まれる。」

ジンは、ゆっくりといいました。

「そんなこと当たり前。それで?」

「そう、あせるなよ。脳《のう》にもしゅるいがあるんだ。大きく分けると三つ。それぞれに名前がつけられている。」

「ええっ、脳《のう》が三つも?」

エッちゃんは、おどろきの声をあげました。

「ちがうよ。脳《のう》はひとつしかないさ。大切なものは、たいていひとつって決まってる。はたらきにより、三つにわけられているんだ。」

「そっか。安心したわ。それで、どんなしゅるいがあるの?」

エッちゃんは、きょうみしんしんの顔でたずねました。

「一つ目は、『原脳《げんのう》』っていう。これは、動物が持つのと同じ脳《のう》なんだ。進化した人間にも動物と変わらない本能的な行動、つまり、食べることやねむることをつかさどる脳《のう》がある。本能《ほんのう》は、意志じゃどうにもならない原始的な欲求《よっきゅう》だ。でも、これがなかったら死んでしまうだろう。二つ目は、原脳《げんのう》をつつむように広がっている、『動物脳《のう》』。これは、主にイヌやネコなどが持っている脳《のう》さ。かんたんにいうと、かいぬしになつくとか、自分のすみかに帰ってくる程度《ていど》のもの。三つ目は、脳《のう》の一番外がわにある、『大脳新皮質《だいのうしんひしつ》』。これは、人間が人間らしくいられるために、とっても大切な脳《のう》なんだ。人間と動物では天地の開きがあるだろう? 開きの原因は、この脳《のう》があることにほかならない。」

ジンはここまでいうと言葉を止め、ふーっと息をつきました。

「人間と動物の開き。かんたんにいうと、あたしとジンの脳《のう》のちがいってことね。」

「じょうだんはやめてくれ! ぼくは、まちがいなくネコだけど、脳《のう》の構造《こうぞう》は、多分人間と同じ、いや、それ以上につくられている。じまんするわけじゃないけれど、ぼくは、大脳新皮質《だいのうしんひしつ》を持つとくべつのネコなんだ。あんたさ、ぼくと何年いっしょに生活しているんだい?」

ジンは、口をとんがらせていいました。

「えっと…、何年かな? あたしが生まれた日に、あんたがやってきたんだから、えっと…、とっと…? まあ、そんなことは、どうだっていいじゃない。とにかく、ずっといっしょだってことよ。」

「だったら、いくらどんかんでも、あふれかえるぼくの知性に気づいてもいいはずだ。あのね、物事には、つねに例外《れいがい》ってものがあるんだ。これくらい、おぼえておいた方がいい。」

ジンは、さっきより、いくぶん声をあらげていいました。

「そんなにおこらなくたって…。わかったわ。おぼえておくとしましょう。まあね、ダイコンしんさだか、ニンジンしんさだか知らないけれど、こんなにむずかしい言葉を知っているんだもの。あんたが、ふつうのネコじゃないことは確かな事実だわ。例外《れいがい》を、みとめることにする。なんてったって、たよりになるあたしのあいぼうだもの。この上なく知的に決まってる。」

エッちゃんが、とつぜん、あいぼうをほめまくったので、ジンは、いっしゅん、顔をかがやかせました。

「ようやくわかったようだね。うれしいよ。ところで、さっきあんたがいってた、ダイコンしんさとかニンジンしんさって何だい？　もう少し、物事を正確におぼえてくれよ。大脳新皮質《だいのうしんひしつ》っていうんだ。あんたといると、いかりがおさまるどころか、ますますもえさかってくる。ほんとうにこまったものだ。できることなら、あんたの頭の中を、一度のぞいてみたいよ。まあいいさ。ぼくがこうふんしても、なおるわけじゃなし…。」

ジンが、あきらめたようにいいました。

「あたしは、かぎりなくふつうよ。ジン、あんたがおこりっぽいだけよ。」

「わかった、そういうことにしておこう。そんなことより、話がとちゅうだった。元にもどそう。三つ目の脳《のう》を他の言葉におきかえると、『思考《しこう》の脳《のう》』ともいう。人間が他の動物たちとちがうのは、この脳《のう》があるからなんだ。人間だけが持っているから、別名、『高きゅう脳《のう》』ともよばれている。説明がずい分まわりくどくなったけど、たっくんの話を聞いた時、ぼくの頭にまっ先にうかんだのが、この高きゅう脳《のう》のことだった。原因があるとすれば、ここにちがいないってね。ピンときたんだよ。」

「高きゅう脳《のう》に原因？」

エッちゃんの顔が、ぱっとかがやきました。

「ああ、そうさ。たっくんの場合、自分の思いを持つ、つまり、この高きゅう脳《のう》がつかわれない状態にある。何かがじゃまをして、この脳《のう》にカギがかけられているんだ。」

「てことは…、うーん、そうだ！　そのかぎが、あけばいいわけね。」

「ひとことでいうとね。ただ、それが、とってもむずかしんだ。どうしてかっていうと、つまり、あのね、カギといっても、金庫じゃない、生きた脳《のう》だろう？」

「脳《のう》は、生きてるにきまってる。死んでたらロボットよ。」

エッちゃんの言葉に、ジンは首をかしげていいました。

「そういうことじゃない。ぼくがいいたかったのは、生きた脳《のう》だから、ふくざつだってことをいいたかったんだ。まあいいさ、ここでかんたんに人間の脳《のう》の情報《じょうほう》の伝達《でんたつ》のし方について、説明を加えよう。でないと、いっこうに解決《かいけつ》方法が見つからない。えっと、脳《のう》は、およそ千億《おく》個《こ》ほどのニューロン（神経細胞《しんけいさいぼう》）でできているんだ。ひとつのニューロンは、数千個もの他のニューロンから信号を受け取り、そのかわりに数千個の他のニューロンへ信号を送り出している。ニューロンの数は、天の川の銀河の星の数にも、ひってきするくらい大きな数なんだ。脳《のう》は、ニューロンからニューロンへ情報《じょうほう》を受けわたすことで、はたらいている。」

「ジン、あんたって、おそろしいほど知的だわ。やっぱり、ただもの…、ちがった、ただネコじゃないわね。ネコなんて、ねずみとってひるねして、ただそれだけ。何も考えてないもの。なんていったら、ネコたちののろいにかかって金しばりにあうかな？　ごめんなさい。ネコ族のみなさま、今の言葉、すべててっかいします！」

「もうおそいよ。ネコたちののろいは、もうれつなんだ。おそらく死をまねくだろう。」

「きゃー。」

エッちゃんはこわくなり、黄色い声をあげました。

「ごめんごめん、じょうだんだよ。あんたって気が強いくせに、けっこうこわがりなんだな。」

「ジンの意地悪。まあいいわ。ところで、さっきの話なんだけど、えっと…、カギがかけられているってことは、ニューロンからニューロンへ信号が伝わらないってことでしょう？　てことは、たっくんの脳《のう》は、このニューロンがつかわれてないことになる。」

「その通り！　あんた、とつぜんさえてきたじゃないか。」

「そうなの。さっきさけんだら、頭がすっきりしてきたの。」

いいおえた時、エッちゃんのおなかがグーッとなりました。時計を見ると、八時をすぎています。

「おなかがぺっこぺこ。ジン、あたしたちゆうはん忘《わす》れてる。」

二人は、話にむちゅうになっていたのです。学校から帰ったのは五時すぎでしたから、三時間も話しこんでいたことになります。あまりにしんけんだったので、おなかがすいたのも気がつかなかったようです。

「何か食べようか。」

「えっと、くしだんごと、ジンにはいつものやつ。あれでいい？」

「いいよ。」

エッちゃんは、学校の帰りに買ってきたくしだんごのパックをあけました。ジンは、高級おかなミックスせんべいです。

　時間がおそくなったので、作る気がしなかったのです。二人ともおなかがすいていたので、パクパクポリポリと食べました。くしだんごを、一気に三本も食べ終えたエッちゃんは、とつぜん、さけびました。

「おうむ返しの原因が、今、わかったわ！　そうよ、そうにきまってる。やまびこよ。」

「おいおい、やまびこがどうしたんだい？」

ジンは食べるのをやめ、ふしぎそうな顔でたずねました。

「やまびこって、知ってるでしょう？　登山した時、山にむかって『ヤッホー』ってさけぶと、同じように『ヤッホー』ってかえってくるの。きっと、たっくんの高きゅう脳《のう》の前には、富士山みたいな高い山がそびえたってるにちがいないわ。だから、やまびこみたいにくりかえすのよ。おそらく、山がかべになって、ニューロンも自由にはたらけない状態にあるんだわ。高きゅう脳《のう》は、カギがかかった状態、つまり、思考《しこう》できないってわけ。」

「おっどろいた！　あんたもやるもんだね。ろんり的なぶんせきだ。もしも、この説があってるとしたら、脳《のう》の前にたちふさがる山をくずせばいいことになる。」

ジンは、目を丸くしていいました。

「そういうこと。山をくずす、いい方法はないかしら…？」

「脳《のう》をきり開いてとる？」

「手術ってこと？　脳《のう》をきるなんて、こわい話だ。そんなことしたら、命にかかわるんじゃないかなあ。かといって、脳《のう》にばくだんをしかけることは、できないし…。こまったなあ。」

エッちゃんも、ジンも、頭をかかえました。

その時です。テツロウがやってきて、

「おいらにまかせて。おいらは、人間の苦悩《くのう》を救うために生まれてきたんだ。」

といいました。どうやら、さっきから二人の話を聞いていたようです。

「どうするの?」

エッちゃんがたずねました。

「どうするんだい?」

ジンがたずねました。

「えへへっ、ぼくをたっくんに会わせてくれるだけでいい。」

テツロウは、にやにやしていいました。何かいい方法でも、あるのでしょうか?

「わかったわ。明日、たっくんにしょうかいする。」

エッちゃんがそういうと、テツロウは安心したようすで、出窓《でまど》へ行き、サックスをふきならしました。いつもとはちがう、むずかしい表情《ひょうじょう》です。ひげをなでながら、演奏《えんそう》を何度も何度もくりかえしました。新しい曲づくりでも、しているのかもしれません。テツロウには、考える時、ひげをなでるくせがありました。エッちゃんは、それを見て、

「うふふっ、ひげはテツロウにぴったりね。よくにあってる。もしも、ひげがなくなったら、新曲ができなくなるかもしれない。」

と、思いました。

エッちゃんは、このひげにさわるのがひそやかな楽しみでした。いつさわるかって？　もちろん、テツロウがねむった後です。じょりじょりして気持ちいいのです。でも、テツロウにはぜったいひみつにしてくださいね。

出窓《でまど》は、テツロウの部屋でした。といっても、しきりはありません。ここからは、外のふうけいが一望《いちぼう》できました。ヒマワリのさく小道には人やイヌが散歩《さんぽ》するのが見えたし、庭のユリやマリーゴールドにやってきたハチやチョウチョウが風に乗っておしゃべりするのを聞くこともできました。一番おちつく場所だったのです。

出窓のまん中には、木製《もくせい》のまっ白いロングチェアーがおいてありました。ふだんはいすとしてつかっていましたが、夜はベッドにもなりました。青いクッションは、テツロウのお気に入りでした。

テツロウがここにやってきたのは二月。ま冬のことでした。今は七月ですから、あれから六ヶ月がたとうとしていました。その間、テツロウは、ふうけいを見ながら作曲し、演奏《えんそう》をするこの生活を、当たり前のように、くり返していたのです。この半年で、できあがった新曲は、およそ三十曲。楽譜《がくふ》に書いたかって？　もちろん、テツロウの頭の五線譜《ふ》にしっかりと書きとめました。記憶力《きおくりょく》がよかったので、忘《わす》れることはほとんどありませんでした。それにね、もし忘《わす》れていたとしても、指がおぼえていて、サックスを持つと自然に曲が流れました。テツロウは、

「おいらの体の中に、もう一人の天才サックソフォーニストがいるみたいだ。」

と、ふしぎに思いました。

テツロウが学校へ行くのは、初めてのことでした。今まで、人に会わせてくれなんていった

ことがなかったのです。

　そのばん、エッちゃんは、

「テツロウは、たっくんに会って何をするつもりかしら?」

と思うと、どきどきしてなかなかねむれませんでした。

10　テツロウが学校へ

次の日、エッちゃんはねぶそくでした。頭はくらくら、まるで二日よいの気分です。目の下には、黒いクマがなかよく二つならんでいました。

明け方になりようやくうとうとしたしゅん間、テツロウのジャズがエッちゃんをおそって

きました。エッちゃんはいらいらして、

「やめて！　うるさくってねられやしない！」

とさけび、目をさましたのです。しかし、時計を見ると七時半。あと、二十分後には、出かけなければなりません。エッちゃんは、あわててベッドからとび起きました。

　ひとあし先に起き、散歩《さんぽ》から帰ってきたジンは、

「朝にしては、ビートのきいたはげしい曲だなあ。テツロウらしくない。」

と思ったら、エッちゃんを起こすためだったのです。

「テツロウのジャズは、めざまし時計よりよくきくわ。」

エッちゃんはひとりごとをいうと、ぼさぼさの頭をかきかき、トイレに直行しました。すっきりして出てくると、テツロウが何も知らなかったように、

「おはよう、エッちゃん。今日は、ぼくの初デビュー。忘《わす》れないでくれよ。」

と、さわやかな声でいいました。

「そうだったわね。まかしておいて。でも、めざめの曲は、もう少し静かな曲がいいわ。ちょっと頭つうがする。」

エッちゃんは、大げさにひたいにしわをよせていいました。

「ごめんよ。いつもの調べじゃおきなかったから、フォルテシモにしたんだ。今日は、なんてったっておいらの初デビューだろう。大切《たいせつ》な記念日《きねんび》に、ちこくはいやだったから…。」

　テツロウは、あらいたての白いシャツに、ラッキーカラーのえんじのチョウネクタイをつけ、新調したての黒いエンビ服に身をつつんでいました。あごひげはのびほうだいでしたが、口ひげはくちびるの上でまっすぐに切りそろえられていました。かみの毛は、いつもの七三ではな

くまん中わけです。いつだったか、エッちゃんにねだって買ってもらった『ルンルンサワヤカポマード』までつけていました。動くと、レモンライムのあまずっぱいかおりがしました。

「まあいいわ。今日のところはゆるしてあげる。テツロウのおかげで、ちこくしないですんだんだもの。」

はりきっていたテツロウの顔が、みるみるしおれてしまったので、エッちゃんがあわてていいました。テツロウは、ほっとしてぴょんぴょんはねました。

台所へ行くと、コーヒーのこうばしいかおりとバターのあまいかおりがブレンドされ、体全体をつつみました。

「いいかおり。」

エッちゃんは大きく深呼吸《しんこきゅう》をすると、うっとりしていいました。

「ひきたてのハワイコナって、とってもかおりがいいね。かおりをかいでいたら、自然と曲が生まれてさ。むちゅうになってふいていたら、今度はきゅうにおなかがすいてきた。冷蔵庫《れいぞうこ》をあけたら、大つぶのたまごがあるだろう? これはしめた! と思い、目玉焼きとフレンチトーストを作ったってわけさ。おいら、待ちきれずに食べちゃった。ごめんよ。」

というと、テツロウはペコリと頭をさげました。テーブルの上には、ブルーのランチョンマットがしかれ、その上で、できたての料理がゆげをたてていました。えいようのバランスも考え、野菜サラダもそえられていました。

テツロウは、時々、こんなふうに料理を作ってくれました。作ることが、きらいではなかったのです。どちらかというと、インスタントのものより新鮮《しんせん》な材料を使い、手をかけじっくり作るのがすきでした。

「いつの日か、土をたがやして自分の手で野菜を作ってみたい。あせを流して作ったものは、体を元気にするにちがいない。大地のめぐみをうけて育った、ジャガイモやピーマン、トマトはどんなにおいしいだろう。」

と、思っていました。


ダイニングキッチンには、テツロウせんようのふみ台がおいてあって、好きな時にいつでも料理することができました。料理の本を見て研究もしていたので、いつしかメニューもふえました。もしかしたら、エッちゃんより、レパートリーが多いかもしれません。

「たすかったわ。ねぼうしたから、朝食ぬきのところだった。それにしてもおいしい！」

エッちゃんの、喜びようといったらありません。


食べ終えたら、いよいよ出発です。

「うれしいなったらうれしいな。おいら、学校なんて初めてだ。」

テツロウは、まるで子どもみたいにはしゃいでいいました。

「テツロウ、こっちにきて。あたし、ひとばん考えたんだけど、やっぱりこの方法が一番よ。これだったら、だれにもあやしまれない。さあ、中へ入って！」

というと、エッちゃんは、大きな紙ぶくろをさしだしました。

「この中へ入るの？　なんだか、きゅうくつそうだな。」

テツロウは、ひたいにしわをよせました。

「しかたないの。だって、みんなが、あなたのこと知ったら大さわぎ。学校中がハチのすをつついたみたいになるわ。さわぎを聞きつけた地域《ちいき》の人も、三々五々《さんさんごご》集まってきて、さわぎを大きくする。おそらく、テレビ局の報道《ほうどう》の人や新聞記者たちも、あわててかけつけるでしょうよ。

サックスを演奏《えんそう》する小人のあなたを、ほっておくわけがないもの。たぶん、取材につぐ取材で、へとへとになるでしょう。そうなると、テツロウは、たっくんに会えなくなる。これじゃ、何のために学校へ行くのかわからない。あなた、何しに行くの?」

エッちゃんは、テツロウにたずねました。

「たっくんに会うためさ。」

「それじゃ、がまんするしかない。」

「わかったよ。」

テツロウはしぶしぶ返事をすると、バラ色のサックスをかついで紙ぶくろにとびこみました。

エッちゃんは、顔をじゃぶじゃぶあらい、いそいできがえをすませると、にもつの前でためいきをつきました。

「どうしよう、三つもあるわ。だけど、どれも必要なものばかり。おいていけないし…。あーたいへん、ちこくしちゃう。なやんでいる時間などないんだわ。」

時計は、七時五十分をさしていました。もういっこくのゆうよもありません。あわてて、小物ポーチを首から下げ、書類のつまったずっしりと重いショルダーバッグをかつぎ、テツロウの入った紙ぶくろをかかえて、げんかんをでました。つうきんスタイルなんて、とんでもない。まるで、家出すんぜんのかっこうです。もし、けいさつかんに会ったら、といただされることはかくじつでしょう。

エッちゃんは、紙ぶくろに向かって、

「しずかにね。少しゆれるけど、ぜったいに声をあげないで。すぐにつくからね。」

と、ささやくと、紙ぶくろから、

「わかってる。」

と、とびきり元気な返事が返ってきました。

「テツロウ、ちょっと声が大きいわ。」

エッちゃんは、あたりを見回しだれもいないのを確かめると、ほっとしてむねをなでおろしました。そして、

「しまった！　中が丸見えだわ。」

というと、ポーチからハンカチをとり出し、紙ぶくろの上からかぶせました。テツロウは、小さな声をあげましたが、がまんしました。

　エッちゃんはいつもより、ちょっぴり早あしで歩きはじめました。ジンは、のそりのそりと後をつけました。


　学校までは、歩いて十分。目と鼻の先にありました。エッちゃんは、この春、学校をかわったばかり。学校の名前は、『あけび第四小学校』といいました。昔、この辺《あた》りには、たくさんのあけびが口をあけていたのかもしれません。とにかく、エッちゃんは、トンカラ山がなつかしくなって、この学校にやってきました。でも、一番の理由は、

「朝ねぼうしても、ちこくしないですむ。」

という、たんじゅんなことでした。

　エッちゃんは、紙ぶくろが気になってしかたありません。いく度も下を見ては歩き、また、下を見ては歩きました。そわそわしていっこうに落ち着きません。ただの紙ぶくろだと思えばいいのに、まるで、ばくだんをかかえているような気分です。

「うふふっ、これじゃ、どろぼうになれないわね。」

エッちゃんは、とつぜんくすくすわらい出しました。後をつけていたジンは、不気味に思いました。

ひとつ先の角を曲がれば、学校です。あと少し。ジンは、エッちゃんのうしろすがたを見守りました。テツロウは、やくそくを守ってしずかにしています。ちょうど校門に入った時です。

となりの席の高木《たかぎ》先生が、

「おはようございます。魔女《まじょ》先生、今日は、荷物《にもつ》が多いですな。その紙ぶくろ、おもちしましょうか?」

と、声をかけました。魔女《まじょ》先生はあわてて、

「ありがとうございます。お気持ちだけでけっこうです。」

というと、その場をだっとのごとく走り去りました。

「えんりょしなくてもいいのに…。」

高木《たかぎ》先生は、かたをおとしてげんかんにむかいました。ことわられて、ひょうしぬけしたのです。

「へんな魔女《まじょ》先生。いつもだったら、ふたつ返事でありがとうといって荷物をわたすのにな。こんなこと初めてでだ。きらわれちゃったかな?」

高木《たかぎ》先生は、首をかしげました。その時、校門から、たくさんの子どもたちが、

「おはよう。」

という、元気なあいさつをして入ってきました。

魔女《まじょ》先生がくつをぬいだしゅん間、紙ぶくろの中から、プップーッとけたたましい音がなり

ひびきました。もちろん、サックスの音です。それは、五十メートル先まで聞こえるほど大きな音でした。テツロウがマウスピースに口をあて指の練習をしていた時、運が悪いことに、エッちゃんがつまずいてしまったのです。ころばなかったものの、そのひょうしに、テツロウのいきがサックスにふきこまれ、音になってしまったのです。

テツロウに責任はありません。とはいえ、一番おそれていたことがおこったのです。エッちゃんは、パニックになりました。

「テツロウったら、あれほど、しずかにしてっていったのに…。もうだめだわ。」

エッちゃんは頭に血がのぼって、体全体があつくなりました。

高木《たかぎ》先生の足音がこつこつと早くなり、とうとうエッちゃんのかたとならびました。

「魔女《まじょ》先生、今、そのふくろの中から、音がしませんでしたか?」

「まさか、高木《たかぎ》先生の耳なりでしょう。」

エッちゃんは、とっさにうそを思いつきました。

「いや、たしかに聞こえた。わしは、まだ、そんなに年をとってはおらんよ。あんなに大きな音が耳なりだなんて…。」

その時です。スピーカーから名曲が流れ、朝のアナウンスがはじまりました。天の助け。グッドタイミングです。

「なんだ、放送じゃないか。耳なりじゃなくてよかったよ。」

というと、高木《たかぎ》先生はくつをぬぎ校舎に入りました。

魔女《まじょ》先生はほっとしてむねをおさえると、ろうかのかたすみに紙ぶくろをおきました。そして、職員室の出勤《しゅっきん》ふだをかえすと、すぐにまた紙ぶくろをかかえ、いちもくさんに教室へむかいました。ひまわり教室は、階段をのぼり二階にありました。三つもある荷物が重いなんて、ちっとも感じませんでした。

とにかく、ゆうせんすべきは、紙ぶくろをだれにも見つからないように、運ぶことです。職員室でむだ話をしているよゆうなどありません。ジンは、だれにも見つからないよう、しんちょうに階段をのぼりました。

教室に入ると、たっくんがきていました。魔女《まじょ》先生は、たっくんに、

「たっくん、おはよう。はやいわね。」

というと、たっくんは、

「たっくん、おはよう。はやいわね。」

と、くり返していいました。魔女《まじょ》先生は、

(たっくんたら、いつもとおんなじね。)

と、うれしくなりました。次に、耳に手をやって、

「音楽聞く?」

と、たずねました。すると、たっくんは、やっぱり耳に手をやって、

「音楽聞く?」

と、くり返していいました。魔女《まじょ》先生は、

「じゃあ、聞いてね。」

といいながら、紙ぶくろからテツロウを出しました。テツロウは、きんちょうでかたまっていました。

「……!」

たっくんは、心の中でかん声をあげたようでした。目のおくがキラリと光ったのです。でも、言葉はでません。魔女《まじょ》先生は、

「これ、人形なのよ。サックスをふくの。」

といいました。魔女《まじょ》先生は、テツロウがうごかないのをいいことに、人形にしてしまったようです。

「かわいいでしょう。」

というと、たっくんも、

「かわいいでしょう。」

と、くり返していいました。

(ちがう、ぼくは人形じゃない。)

テツロウはむっとしました。でも、口にだすのはやめました。今、いいかえしたら、けんかになるかもしれません。

(ぼくの目的は、たっくんに自分の演奏《えんそう》を聞かせること。人形だって人間だって、どっちだっていいさ。)

テツロウは、いらだつ心に、いいきかせました。そんな気持ちもつゆ知らず、エッちゃんは、テツロウにウインクすると、

「たっくん、はじまるわよ。さんはい!」

といいました。テツロウは心を無にして、演奏《えんそう》を始めました。

無とは、心をからっぽにするということ。少しでも考えごとをしようものなら、たちまち曲

はにごってしまうでしょう。そうなったら、聞く人に感動は伝わりません。もちろん、心に番人はいません。だれが見はっているわけでもありません。でも、曲にあらわれてしまうものなのです。

サックスの音が、部屋《へや》いっぱいになりひびきました。きのうのばん、作曲したばかりの新曲です。テンポのはやいリズミカルな曲でした。

たっくんは、うれしくなって教室をかけました。電車のまねをして、ガタンゴトンガタンゴトンといいながら、何周もかけました。

三周くらいしたころでしょうか。たっくんのひたいには、あせがわきあがってきました。いきも、はーはーとあらくなっています。そのうち、つかれたのでしょう。

「しゅうてーん。」

といってとまりました。魔女《まじょ》先生は、目をとじて聞き入っていました。うっとりして、

「いい曲ねぇ。」

というと、たっくんは魔女《まじょ》先生のとなりにすわり、あせをぬぐいながら、

「いい曲ねぇ。」

と、くり返していいました。

たっくんは、魔女《まじょ》先生のまねをして目をとじてみました。なんだか、いい気持ちです。そのうち、たっくんは大の字になって、床《ゆか》にねころびました。魔女《まじょ》先生は、

「たっくん、気持ちよさそう。」

というと、自分も、床《ゆか》に大の字にねころびました。二人は、なかよくねっころがって曲を聞きました。

その時です。テツロウの曲は、ゆったりテンポになりました。二人がねころんだので、曲のふんいきを『動』から『静』へとかえたのです。テツロウは演奏《えんそう》のプロでしたので、こんなことはサッチョンパッと、いともかんたんにできました。

たっくんは、ゆめを見ました。野原をかけているゆめです。まっ青な空に黄色いチョウチョウが、あっちにひらひら、こっちにヒラヒラ、とんでいます。たっくんは、むちゅうになってあとをおいかけました。そこへ、サングラスをかけたもぐらの親子があらわれました。『こんにちは。』ってあいさつすると、もぐらは、自分の家にしょうたいしてくれました。

そのしゅんかん、テツロウの曲は、はげしくなりました。ビンビンガンガンなりひびきました。

もぐらのあなの中は、工事中でした。ヘルメットをかぶったもぐらの工事隊《こうじたい》が、電動の穴《あな》ほりきを使い、部屋のかべをけずっていました。もぐらの子どもは、耳をふさぐかっこうをしながら、

「うるさくてごめん。今、家を大きくしているんだ。今度、かぞくがふえる。えへへっ、ぼくにいもうとができるんだ。ぼくは兄らしく勉強もしたい。そのために、ぼくだけの部屋《へや》もほしいしね。それに、母さんは、ひろい台所でお料理がしたいっていうものだから…。」

と、いいました。すると、もぐらのお父さんが、子どもの頭をなでながら、

「部屋《へや》をつくったら、しっかり勉強をするんだぞ。モグリンは、いつもあそんでばかり。生まれてくるいもうとに、少しはいいとこ見せないとな。」

と、いいました。

「さあ、めしあがれ。」

もぐらの母さんが、ジュースをはこんできました。

たっくんが手にコップを持ち、ごっくんとつばをのみこんだ時、ゆめからさめました。目をあけると、

「ジュース。ジュース。」

と、さけびました。魔女《まじょ》先生は、

「たっくん、今、おいしいゆめを見てたでしょう。」

といいました。たっくんは、まだ、ねぼけているのでしょう。ぽかんとした表情《ひょうじょう》で、魔女《まじょ》先生を見つめました。

(あれっ、へんだわ。)

魔女《まじょ》先生は首をかしげました。

今まで、たっくんと目が合うなんてことはありませんでした。いつだって、そわそわして、目をそらしてしまうのです。心が通いあったかと思うと、全然そうじゃない。期待が大きいと、ショックも大きいものです。魔女《まじょ》先生は、今までいくどとなく、さびしい思いをしてきました。

(きっと、ぐうぜんね。)

魔女《まじょ》先生がふと気がつくと、テツロウの曲は終わっていました。たっくんは、テツロウの曲を聞きながらねむってしまったようです。曲が終わった時、目をさましたのです。

テツロウは心配そうな顔で、たっくんを見ていました。人形ということになっているので、やたらにしゃべるわけにはいきません。それに気づいた魔女《まじょ》先生が、たっくんに、

「音楽どうだった?」

と聞くと、たっくんはにこにこして、

「音楽どうだった？　楽しかった。」

とこたえました。魔女《まじょ》先生は、そのことばをきいたとたん目を丸くしました。

（あれっ、たっくん、今、楽しかったっていった？　もう一度聞いてみよう。）

魔女《まじょ》先生が、たっくんに、

「音楽どうだった？」

ときくと、たっくんは、やっぱりにこにこして、

「音楽どうだった？　楽しかった。」

とこたえました。魔女《まじょ》先生は、その言葉を聞いたとたんみぶるいしました。

「たっくん、すごい、ちゃんと、こたえられるようになったじゃない。」

とさけびました。テツロウもついついうれしくなって、

「喜んでもらえてうれしいよ。」

と、いいました。たっくんはテツロウがしゃべったのにおどろいて、

「喜んでもらってうれしいよ。人形がしゃべった。」

と、さけびました。

　たっくんは、魔女《まじょ》先生の手首をつかむと、テツロウの方へもっていき、

「あっあっあっ！」

といいました。あんまりおどろきすぎて、自分の手がでなかったのです。テツロウは、しまったと思いました。

魔女《まじょ》先生は、とっさのことに、

「あのね、これは人形だけど、人間みたいにしゃべるの。よくできているでしょう？」

といいました。テツロウは、

（あーあ、人間だってしょうかいしてくれたらよかったのに…。そうしたら、たっくんとお話ができるのにな。）

と、ざんねんに思いました。

たっくんは、

「人形がしゃべった。すごいすごい。」

というと、教室をぐるぐる回りました。

11　ブルースカイトレイン第三楽章

　学校が終わると、エッちゃんはテツロウをかかえ家にとびこみました。ドアをあけるとテツロウは、紙ぶくろからジャンプして出てきました。まっぱだかです。

「きゃー。テツロウったらすっぽんぽん！」

「よく見て。パンツ、はいてるよ。」

というなり、トイレにとびこみました。出てくると大きくしんこきゅうして、

「あー、苦しかった。」

と、いいました。顔には、大つぶのあせが光りながれていました。

この暑さです。気温は、日中、三十度をこしていました。ふくろの中はせまい上、ハンカチまでかぶせられてみっしつじょうたい。テツロウはがまんできなくなって、ふくをぬいだのです。

「シャワーをあびてくる。」

水をかぶると、すっきりそうかい。テツロウは、さわやかな顔であらわれました。

「ありがとう。テツロウのおかげで、たっくんが自分の思いをしゃべれるようになった。今日は、おいわいね。」

エッちゃんは、冷蔵庫《れいぞうこ》から、オレンジジュースをだすとコップについでいいました。

「エッちゃん、おいわいは、まだ早いよ。もう少しなんだ。まだ、完全じゃない。」

というと、テツロウはジュースをごくごくとひといきでのみほしました。よっぽど、のどがかわいていたのでしょう。

「どうして？　たっくんが、自分の思いを自分の言葉で、『楽しかった』って表現したのよ。」

エッちゃんには、ふしぎでなりません。

「だけどさ、あの時、たしか、たっくんは、『音楽どうだった？　楽しかった』って、おうむ返しをしたあとに、こたえてただろう。まだ、完全じゃないしょうこさ。」

「そっか。でも、そのあとに、『人形がしゃべった　すごいすごい』っていったよ。あれは、おうむ返しじゃない。」

「確かにそうだ。でも、時として、まだ、おうむ返しをするってことは、完全とはいえない。おいら、たっくんを、もう少し、楽にしてやりたいんだ。」

「楽に?」

「そうさ、もっと自由に思いをめぐらせて、もっと自由に言葉を発してさ。そうしたら、もっと人とかかわれるだろう? 今までは、どちらかというと、ひとりだけの生活だった。会話により、毎日がぐっと楽に、友だちができたら、ぐぐっと楽しくなると思うんだ。それにはまだ、時間がかかる。」

テツロウは、きびしい表情《ひょうじょう》でいいました。

「そうなったら、すてきね。きっと、ご両親は、どんなに喜ばれることでしょう。お母さんは、こんなにいっしょうけんめい育てているのに、たっくんと心が通じあわないって悲しそうな顔をされているわ。だって、まだ一度も、『お母さん』てよんでもらえないの。ところで、これが一番聞きたかったことなんだけど、たっくんがかわったのはどうして?」

エッちゃんは、テツロウのひとみをじっと見つめました。

その時、テツロウは、おやつのシナモンドーナッツをかじっていました。お昼を食べていなかったので、むしょうにおなかがすいていたのです。人形が食べ物を食べるわけにはいきません。エッちゃんは、何度、給食のサンドウィッチをあげようと思ったことでしょう。テツロウは、さびしそうな顔で、給食のふうけいをながめていました。テツロウのおなかがグッググーと演奏《えんそう》をしていたくらいです。

そばにいたジンが、ぽつんとこたえました。

「それは…、テツロウの演奏《えんそう》が、山にあなをあけたのさ。」

「ちょっとまって！　山にあなって、いったいどういうこと？」

エッちゃんは、目をぱちくりさせてたずねました。

「つまり、こういうことさ。たっくんのほんものの脳《のう》の前にたちはだかっていた大きな山に、トンネルができたんだ。だから、思考《しこう》できるようになった。」

「ええっー！　トンネル？　工事もしていないのに、どうして？」

エッちゃんは、ソファーからとびあがりました。

「だから、さっきいっただろう。テツロウのかなでた音楽がドリルの役目をしたんだよ。大がかりな工事などしなくたって、かんたんにあながあいた。」

テツロウは、エッちゃんのおどろきを知ってか知らずか、まだ、シナモンドーナッツをたべています。はこは、あと一つでからっぽになろうとしていました。たしか、エッちゃんは、おやつにみんなでたべようと十こかったのです。

「音楽がドリルの役目？　そんなばかなことって…。でも、テツロウの音楽を聞いて、たっくんはかわった。とすると、確かな事実ね。だけど、いったいどうして、そんなことができたのかしら？」

エッちゃんのどうしてこうげきは、続きました。

「今の医学の力をかりても、そんなことはできないだろう。でも、テツロウにはできた。常識《じょうしき》では考えられないことが、できる。人間わざじゃない。これは、まさしく超能力《ちょうのうりょく》に他ならない。だから、テツロウはかみさまなんだ。」

「そういえば、ミッチーがいってたわね。テツロウはかみさまの子どもだって…。考えてみたら、あたしたち、かみさまといっしょに生活してるんだ。あたし、今日なんて、紙ぶくろにつっこんだり、お昼をあげなかったり、ばちがあたるかな?」

エッちゃんは、心配そうにいうと、テツロウがひげにドーナッツの白いこなをつけて、

「エッちゃん、かみさまは、そんなに心がせまかないさ。あー、おいしかった。今度は、チョコナッツドーナッツがいいな。わるいけど、ジュースのおかわりをもらえるかな? のどがかわいちゃったよ。」

というと、からのグラスをさしだしました。そして、たぬきのようなおなかをぱんぱんたたくと、

「よし、今ばんの演奏《えんそう》は、ドラムにしよう。」

といいました。

「あははっ、テツロウは、ユニークなかみさまね。」

「おいら、へんかな?」

テツロウは、不安そうにつぶやきました。

「へんじゃないけど、かみさまらしくないなあと思ってさ。でも、その方がいいわ。話しやすいもの。」

「ああよかった。エッちゃん、また、明日も学校へつれてってよ。」

テツロウは、そういうと出窓《でまど》へきえました。


たっくんが曲を聞いたら、どうして山にトンネルができたかって? ひとことでいうと超能力《ちょうのうりょく》ですが、少しだけ説明すると、こんな具合でした。

サックスのメロディーがたっくんの耳に入り、高きゅう脳《のう》の前にたちふさがる山にぶつかる

と、とかすパワーがあふれでて、はりのようなあながあいたのです。聞くうちにあなは、えんぴつのしんほどになり、まんげきょうほどになり、やがてちゃづつほどになりました。

するとどうでしょう。今まで、ねむっていた高きゅう脳《のう》が起き出して、活動を始めたのです。脳《のう》にスイッチがあるとするなら、まさに、オンの状態《じょうたい》です。生まれて初めて電気が入った脳《のう》は、ちょっぴりとまどったようでした。でも、すぐに本来のはたらきを思い出し動きだしました。

高きゅう脳《のう》は、いつはたらいてもいいようにじゅんびをしていたのです。生まれてから、一度もスイッチが入らないのに、ちっとも、さびついていませんでした。きれいなピンク色をしていました。

これから、脳《のう》は、つかうごとに性能がよくなるでしょう。他の物とちがって、脳《のう》は、使えば使うほど性能がよくなるように作られていました。『人間は、考える葦《あし》である』といったのはパスカルですが、人間にとって考えることは欠かせない。それこそ、命です。いいかえると、『考えることにより、人間の命も永遠にかがやき続ける』ということかもしれません。

出窓《でまど》では、テツロウが、ひげをなでなで考えては演奏《えんそう》をくり返していました。

「たっくんのおうむ返しをなくすには、あの山を完全にくずすことだ。あしたは、どの曲を演奏《えんそう》しよう。高きゅう脳《のう》は、たしかに動き始めた。あと、少し。」

次の日、学校へ行くと、たっくんがまっていました。魔女《まじょ》先生が、

「たっくん、おはよう。」

というと、たっくんはうでを動かして、

「たっくん、おはよう。魔女《まじょ》先生、人形。」

といいました。サックスを演奏《えんそう》しているつもりなのでしょう。（すごいわ。たっくんたら、自分の思いを言葉にしてる。きのう起こったことは、ゆめじゃなかった。）

「人形ね。もってきたわよ。たっくん、今日も音楽聞く？」

魔女《まじょ》先生は、紙ぶくろからテツロウを出してたずねました。もちろん、テツロウは、みうごきひとつしません。机の上にまっすぐ気をつけのかっこうで立っていました。

「たっくん、今日も音楽聞く。」

と、いいました。おうむ返しなのか、こたえたのかはっきりとはしません。魔女《まじょ》先生ははんだんのつかないまま、

「さんはい！」

というと、演奏《えんそう》がはじまりました。今日の曲名は、『ブルースカイトレイン』です。これは、以前作ったお気に入りの曲を、きのうのばん、編曲《へんきょく》したのです。

どんなストーリーかって？　かんたんにいうと、こうです。電車は線路を走ります。どんなまがりくねった道だって、山だって、トンネルをくぐって走りぬけます。でも、毎日これじゃつまらない。時には、空をとびたい時だってある。線路のある道ばかりじゃなく、道のない大空を自由にかけ回ってみたい。そんな電車のゆめを、曲にしてみたのです。

テツロウは、これを四楽章にわけました。一・二楽章では線路をひたすらまっすぐ走ります。三楽章で初めて空をとび、ゆめをかなえます。四楽章では、鳥たちがにじの橋にしょうたいしてくれるのです。

テツロウは、三楽章の空をとぶというところで、トンネルの山をくずす計画を立てたのです。

はたして結果は…？

　サックスの音がなりひびくと、たっくんはうれしくなって教室をかけました。ガタンゴトンガタンゴトンといいながら、ずっとかけました。きのうとちがうのは、せまい机の間をぬって、あっちこっち走ったことです。曲がかわると、走るのをやめ、静かになりました。

　三楽章のはじまりです。床《ゆか》にねっころがると、大きく深呼吸《しんこきゅう》しました。鳥のまねをしているのでしょうか。手足を上下に動かしています。テツロウは、

「ここが、かんじんだ。」

とつぶやくようにいうと、さらに、心をこめてふきました。たっくんは、ねむってしまったようです。気持ちよさそうなねいきがきこえてきました。曲が終わると、たっくんは、目をさましました。

　魔女《まじょ》先生は、たっくんに、

「音楽どうだった？」

とたずねました。すると、たっくんはにこにこして、

「魔女《まじょ》先生、楽しかったよ！」

と、こたえました。魔女《まじょ》先生は、どんなにうれしかったことでしょう。

（たっくんたら、おうむ返しが完全になくなってる。そればかりじゃないわ。あたしの名前を初めてよんでくれた。）

魔女《まじょ》先生はうれしさのあまり、たっくんを思わずだきしめました。その時、

（あれっ、へんだな。）

と、思いました。いつもなら、いやがってにげだすはずのたっくんは、じっとがまんしているのです。少しすると、

「ちょっと、いたいな。」

といいました。

「たっくん、ごめん。」

といって手をゆるめると、たっくんは、

「あのね、音楽がとっても、気持ちよかったの。ぼく、ねむってたみたい。」

といいました。

「先生の名前、初めてよんでくれたのね。」

というと、たっくんは、

「ぼく、魔女《まじょ》先生のこと大好きだった。他《ほか》の子がよぶのを聞いて、ぼくもよんでみたかった。でも、よべなかった。さっき、ちょうせんしたら、できた。もういっぺん、やってみるね。魔女《まじょ》先生！　ほらできた。ワーイ、ワーイ！」

と、ぽんぽんはねました。

「たっくん、ありがとう。もう、何でもいえるね。」

魔女《まじょ》先生は、こうふんしました。この日を、どんなにまったことでしょう。

　テツロウにウインクすると、ちょっぴり赤くなったようでした。でも、顔が黒いので、よくわかりません。

「魔女《まじょ》先生、ふしぎなんだ。思ったことが、すいすいと言葉になってとびだしてくる。今までぼくの口は、てつのとびらみたいにかたかったのに…。」

たっくんは、首をかしげました。


夕方、お母さんがおむかえにきました。

たっくんは、元気いっぱいに、

「お母さん。」

というと、お母さんのむねにとびこみました。お母さんは、目を丸くして、

「たっくん、今、母さんのことよんでくれたね。うれしいよ。」

といいました。お母さんの目からなみだがあふれ、ポロリポロリとおちました。

たっくんが生まれて、六年間、まちのぞんできたなみだでした。それは、ほうせきの何倍もかがやいていました。なみだのしずくには、二人のだき合っている姿がうつっていました。それは、どんな記念写真より、すてきなものでした。いっしゅんにして消えてしまったけれど、心に永遠にはっておける、かけがえのないものでした。

魔女《まじょ》先生は、たっくんのお母さんが入学式の日に、

「あんまりおうむ返しばかりではずかしいので、人前ではあんまり話さないようにしています。」

といった言葉を、思いだしていました。

お母さんには、たっくんに教えたい言葉がありました。それは、『こんにちは』と、『ありがとう』と、『ごめんなさい』でした。

これらの言葉は、人の心をほんわかさせるとってもすてきな言葉です。

「家に帰ったら、たっくんにまっ先に伝えたい。」

と思いました。

12　とつぜんの電話

「テツロウ、今日こそおいわいね。さあ、テーブルについて！」

エッちゃんは、とっておきのスパークリングワインをかた手にいいました。近くの酒屋さんで、ちょっぴりふんぱつして買ってきたのです。

テーブルの上には、ごちそうがならんでいました。

ぎんむつのクリーム煮に、ボンゴレスパゲッティに、グリーンサラダです。エッちゃんは、料理の本を片手に、およそ二時間もかけて作りました。台所はボールやなべがころがり、大あれです。テツロウは目をおおいました。何度も、

「おいらが作る。」

といいかけてやめました。自分のために作ってくれているのに、悪いと思ったのです。

「おまちどうさま。たっくんの成長《せいちょう》にかんぱいしましょう。テツロウのおかげで、高きゅう脳《のう》は動き始めた。」

エッちゃんは、ランプに火をともしていいました。

「ああ、たっくんの高きゅう脳《のう》の前にあった山は完全になくなった、と思う。」

「どうしたの？　自信なさそう。」

「物事に起こる可能性をぶんせきすると、百パーセントというのはまれなんだ。よっぽどのことがないかぎり、起こらない。九十八、九十九パーセントっていうのは可能性としては高いけどね。」

テツロウは、あごひげをさすりながらいいました。

「そっか。でも、たっくんはかわったわ。お母さんも、あんなに喜んでおられたし…。いくら心配しても、きりがない。それに、もし、山が少しだけのこっていたとしても、高きゅう脳《のう》をつかっているうち、自然になくなる。そんな気がするの。ところで、テツロウ、ひげがのびほうだいよ。今ばん、少し切ってあげる。」

エッちゃんは、テツロウの顔をまじまじと見つめていいました。このところ、何かといそがしくて顔を見る時間もなかったのです。

「まってました。じつは、牛乳をのむと白くなってこまってたんだ。注意深く、きれいにそろえてくれよ。おいらのじまんのひげなんだ。」

「わかってるって。テツロウの命だもんね。まかしておいて！」

「その自信が心配なんだよね。」

テツロウは、ぼそっとつぶやきました。

「うふふっ、心配しょうね。そうだ、そんなことよりかんぱいよ。せっかくのワインがあったまっちゃう。」

エッちゃんが、ワインのせんをあけるとコルクがポンとはじけてとびました。

「キャー！」

その声に、ジンはとび起きました。料理ができあがるのを待っているうちにねむってしまったのです。のそりのそり歩いていくと、おいしいかおりが、からっぽの胃をしめつけました。

「ジン、どこにいたの？　さあ、おいわいしましょう。」

「おなかがすいて力がでない。早くたべさせてくれ。」

ジンは、苦しい顔でテーブルにつきました。エッちゃんが、ゆっくりとボトルをかたむけると、あまずっぱいいアップルのかおりが部屋中にひろがりました。

「たっくんにかんぱーい！」

エッちゃんとテツロウとジンの声が、ひとつになりました。

テツロウは、グラスを持つと一気にのみほしました。

「おかわり。」

「大じょうぶ？」

エッちゃんは、心配そうな顔をしてつぎました。

「今ばんはのみたいんだ。」

というと、また、グラスをからにしました。テツロウは、いい気持ちになりました。

「よっぱらっちゃったかな。」


「リーンリーン！」

とつぜん、電話がなりひびきました。

「だれかな？」

でてみると、知らない女の人からです。その人は、こんなことをいいました。

「とつぜん、お電話する失礼《しつれい》をおゆるしください。わたしは、たっくんのお母さんから、たっくんのことを聞きました。今まで、おうむ返しばかりだったたっくんが、自分の思いを口にだせるようになったって。」

「ええ、まあ。」

エッちゃんは、顔も知らない人からの電話にあいづちをうつのがやっとでした。

「わけをたずねると、魔女《まじょ》先生の教室に通っていたら、とつぜん話し始めたっていうじゃありませんか。でも、こまかなことは、何もわからないのよって。できることなら、うちのおばあちゃんも、といっても、私の母親なんですけどね、なおしてほしいと思い、勇気をふりしぼってダイヤルしたのです。ごめんなさいね、ほんとうに…。わたしったらせっかちなもので、一時《いっとき》も待ってられないのです。主人にも、今ばんはもうおそいから、明日にしなさいっていってしかられたところです。」

電話の声はしだいに大きくなり、女の人のこうふんが伝わってきました。

　エッちゃんは、おなかがぺこぺこだったので、すぐに電話を切るつもりでした。でも、話を聞いているうちに切れなくなってしまいました。

「ところで、おばあちゃんはどんなご様子なんですか？　最初にいっておくけど、あたしは医者ではないので、病気はなおせませんよ。」

「じつは、うちのおばあちゃん、さかさ言葉を話すのです。『バナナ』っていうと、『ナナバ』っていったり、『なにかたべる？』って聞くと、『るべたかにな』っていったりするのです。もしかしたら、脳《のう》にしょうがいがおこっているのでしょうか？」

「さっきもいったように、専門的なことは、あたしにもわかりません。ところで、いつごろからですか？」

「もう、一年も前になるでしょうか？　あの日は、夏のはじめで、朝からセミがなくような暑い日でした。ひげきは、とつぜんおこりました。何の前ぶれもなしに…。おばあちゃんに、『おはよう』ってあいさつしたら、『うよはお』ってかえってきたのです。おばあちゃんはひょうきん者でしたから、その時はふざけているものだとばかり思っていました。でも、おばあちゃんの表情《ひょうじょう》はしんけんそのもの。へんだなと感じたのを、今でもおぼえています。それから、おばあちゃんの話す言葉といえば、さかさ言葉ばかり…。病気なんだってわかりました。」

「そう。つらかったでしょうね。」

エッちゃんには、まだ顔も見ぬ女の人のかなしみにうなずきました。

「ええ。でもね、つらいのは、わたしなんかじゃなくおばあちゃん。だって、そのしゅん間から、考えることができなくなってしまったんですもの。いつもぼーっとしています。何かを見ながら、実は何も見ていない。うわのそらなんです。花を見ているのかと思うとそうじゃない。虫を見ているのかと思うとそうじゃない。空をながめているのかと思うとそうじゃない。それじゃ一体何を…？　わたしは、想像するだけでむねがいたくなりました。あわてて病院へつれていくと、お医者さんは頭をかかえて、『こんなかんじゃさんは生まれて初めてです。手のほどこしようがありません。なぜかっていうと、今の医学では原因もわからなければ、ちりょうほうもないのです。』と、いいました。おばあちゃんは、お医者さんにも、さじをなげられてしまいました。今まで、いくつ病院を回ったことでしょう。日本全国、くまなく歩きました。『いやあ、おどろきです。おばあちゃんはすばらしい能力をお持ちです。さかさ言葉が話せるなんて、だれにもできることじゃありません。りっぱなとくぎですぞ。いっそ、テレビにでたらどうですか。大はんきょうをよぶでしょう。』などとからかう医者もいました。わたしは、くやしくてかなしくてその医者をけとばしてやりたかったけれど、やめました。そんなことをしたところで、おばあちゃんがなおるわけではないのですからね。医者からみはなされてしまってからは、わたしもおばあちゃんも、ぼんやりとした日々をすごしておりました。」

女の人は今までのけいかを説明すると、ふーっと大きなためいきをつきました。すべてを話して、ほっとしたのでしょう。声のトーンがいくぶん低くなり、言葉がようやく切れました。

「そうだったの。それにしても、失礼《しつれい》な医者がいたものだわ。」

「ところで、おばあちゃんのこと、みていただけますか？」

「ええ、もちろん、なおせるかどうかはべつとして、あたしにできることはやってみます。今度、教室にきてください。」

「ありがとうございます。」

女の人の声は、語尾《ごび》がなみだ声にかわっていました。エッちゃんの言葉にうれしくなったのでしょう。そこで、電話は切れました。

「ど、ど、どうしたの？　ななな、長い電話だったけど。」

ジンがよっぱらっていいました。どうやら、テツロウと二人でボトルをあけたようです。テーブルには、サップグリーンのあきびんがころがっていました。

「あのね…。」

エッちゃんが、電話の内容をかいつまんで説明しました。すると、ジンは、真顔になっていいました。よいは、いっぺんにさめたようです。

「さかさ言葉か。たっくんの場合はおうむ返しだったけど、今度のおばあちゃんの場合は言葉がさかさまに出てくる。でも、にているところがあるぞ。」

というと、ジンのひとみは光りました。

「おうむ返しとさかさ言葉がにている？　あたしは、ちっともにてないと思うけどなあ。」

エッちゃんには、どうしてもわかりません。

「それぞれあらわれる現象《げんしょう》はちがっても、根本的ににているってことなんだ。ごめん。あんたには、少しむずかしかったかもしれないね。」

ジンにいわれてくやしくなったのか、エッちゃんはぷくっとほっぺをふくらませると、グラスのワインをのみほしました。

「何よ。あたしだって、そのくらい理解できる。」

「わかったよ。それじゃむずかしい話をもう少し続けよう。あのね、二人がにているところっていうのは、自分の思いを持つ高きゅう脳《のう》がつかわれてないってことなんだ。」

「そうか！　だから、思考《しこう》できなかったんだ。てことは、おばあちゃんの場合もたっくんと同じように何かがじゃまをして、この脳《のう》にカギがかけられているってわけね。」

エッちゃんのひとみも光りました。

「その通りさ。たっくんは高きゅう脳《のう》の前に山…。おばあちゃんは…？」

しばし、ちんもくが続きました。

　エッちゃんはうでぐみをして、ウーンとうなりました。ジンは、スパゲッティをナイフで短く切りながら考えました。長いままではのどにつまってしまいます。それに、何かしていた方が考えることに集中できたのです。でも、このまま続けると、スパゲッティはこなごなになるでしょう。

「きっとそうだ！」

長いちんもくをやぶったのは、エッちゃんでした。

「何かわかったのかい？」

ジンは、ナイフをおいてたずねました。

「もしかして、もしかするかも。そうよ。きっとそうにちがいないわ。」

エッちゃんはこうふんして、ひとりでつぶやきました。

「何かひらめいた？」

「ジン、あたしね、すごいことに気づいちゃった。おばあちゃんのさかさ言葉の原因がわかったの。もしかしたら、あたし天才かもしれない。」

エッちゃんは、うちょうてんになっていいました。

「わかったよ。あんたはこの世で一番の天才だ。おそらく、ノーベル賞をとった博士だってかなわない。だから、そんなにこうふんしないで、原因とやらを話してくれ。」

「オッケー。それじゃ、よーく聞いてね。なんてったって、あたしは天才。だれも考えつかなかったことをいうわ。天才には生まれつき才能があるの。人とはちがったものの見方でぶんせきする。それには、発想が大切なの。」

エッちゃんは、さっきいただいたワインで口がなめらかになっていました。

「あのさ、前おきはいいから、原因だよ。天才は、よけいなことはいわないものだ。」

ジンは、半分あきれかえっていいました。

「わかったわ。さかさ言葉の原因ね。多分なんだけど、おばあちゃんの高きゅう脳《のう》の前には、山じゃなくて…。」

「山じゃなくて…？」

「山じゃなくて、かがみがあると思うの。」

「ええっ、かがみ？　どうしてまた、かがみなんだい？」

ジンは、『かがみ』という言葉に、おどろきをかくせません。なんてったって、空からふってわいたような言葉です。顔をうつすものが、なぜ、脳《のう》にあるというのでしょうか？

「かがみって、ものを反対にうつすでしょう。言葉の場合も同じように、おそらく反対になるだろうって思ったの。」

「あんたのいってること、ちんぷんかんぷんでよくわからない。」

「ジンたら、しっかり聞いてよ。それじゃ、もう少しわかりやすく説明するわね。反対にうつしとられた言葉は、声になった時ぎゃくになる。つまり、さかさまになるって考えたの。どうわかった？」

エッちゃんは、得意《とくい》そうにいいました。

「なるほど！　今度はよくわかった。かがみとはこころにくい。あんたの原理でいくと、耳から入った言葉は、えーと、まず、高きゅう脳《のう》の前にあるかがみにうつる。ここでは、常に反対の世界が上映《じょうえい》されることになる。山の場合は入ってきた言葉をそのままはね返すけれど、かがみはそうじゃない。言葉を反対にしてはね返すってわけか。ろんりとしては、かんぺきだ。」

ジンは、白い紙に脳とかがみの絵をかいてみました。よくわからない時は、絵や図にかくとはっきりするものです。

「あたしって、すごいでしょう？」

エッちゃんは、自信まんまんにいいました。

「ああ、やまびこに続きヒットだ。もし、あんたの説があっているとすると、そのかがみをとればいいことになる。」

「そういうこと。かがみをとるいい方法はないかしら？」

「ガラスはわれるときけんだ。よっぽど注意してとらないとたいへんなことになる。」

エッちゃんとジンは、首をひねりました。


その時です。とつぜん、テツロウが口をはさみました。

「おいらにまかせて。おばあちゃんに会わせてくれるだけでいい。」

テツロウはごちそうをたいらげ、まんぞくそうな顔でいいました。ほおと耳が赤くそまっています。

ついさっきまでむしゃむしゃ食べていたので、二人の話など聞いていないと思ったら大ちがい。食べながら、ずっと聞いていたのです。ひげには、ぎんむつのクリームでしょうか。あちこちに白いものがついていました。

「テツロウ、おいで！」

エッちゃんがナプキンでふいてあげると、

「今ばんは、気をつけていたんだけどなあ。」

といって、はずかしそうにわらいました。

「テツロウったら、とっておきの演奏《えんそう》を聞かせるつもりね。」

「これから、作曲してみるつもりだ。かがみをとる曲をね。」

というと、出窓《でまど》へ行きサックスをふきならしました。いつものようにあごひげをなでながら、演奏《えんそう》をくり返しました。すると、空の上で聞いていたお月さまが、

「いい曲ね。そうだ。サマーコンサートをひらきましょう。」

といって、指をならしました。

　お月さまは、エッちゃんの家の庭をライトアップしました。すると、アリやミミズやセミやトンボやチョウチョウが集まってきて、演奏《えんそう》に耳をかたむけました。

「今度、この曲にあわせて、セミさんが歌ってみたらどうかしら？　あたしたちは、おどるから。」

チョウチョウのダンサーがいいました。

「いいね。明日のばんから練習しよう。夜だから、しみじみした声でなくよ。」

セミさんが、すぐにさんせいしました。

「ぼくたちもおどっていいかい？」

トンボさんがたずねました。

「もちろんよ。」

チョウチョウのダンサーが、大きく羽を広げました。

「ずいぶん、はでな曲ねぇ。」

「かがみをとるためには、きっとハードな曲が必要なんだよ。」

部屋《へや》の中では、エッちゃんとジンがサマーコンサートを聞いていました。

　三時間ほどたつと、音がやみました。

「どうしたかしら?」

エッちゃんが様子を見に行くと、テツロウはすやすやとねむっています。よっぽど、つかれたのでしょう。顔には、お月さまの光があたり、青白く見えました。

「テツロウはかみさまの子だもの。また、何とかしてくれるわね。」

エッちゃんがつぶやくと、テツロウの首がコクンとゆれました。

「テツロウ、起きてたの?」

でも、返事はありません。かわりに、気持ちよさそうなねいきがきこえました。

　しばらく、顔を見つめていると、ひげがのびほうだいです。

「しまった! ひげをそるの、わすれてた。」

エッちゃんは、はさみとくしを取り出すと、ひげを切りはじめました。

「うふふっ、ねむっているほうが静かでいいわ。」

13　かがみが二つになるって？

かがみかがみかがみ
きえろミラー　ぽぽりんぱっ！
きえろミラー　ぺぺぺのぱっ！
きえろミラー　ぴぷぴぷぽっ！

テツロウは、おかしな言葉をつぶやきな

がら、サックスをくわえました。そのしゅん間、せなかで声がしました。ふりむくと、エッちゃんが心配そうな顔で、

「テツロウ、おばあちゃんの曲はできた?」

と、たずねました。

テツロウは、まゆの間にふかいしわを二本よせると、

「いや、まだだ。全然なんだ。」

といって、首を横にふりました。

「悪いけど、今、作曲中だから…。」

「むりしないでね。これはお夜食よ。」

エッちゃんはバナナを一本おくと、すぐに、その場をはなれました。

作曲を始めてから、一週間がすぎていました。今まで、こんなことがあったでしょうか?たいていの場合、そっきょうで作曲し自由じざいに演奏《えんそう》していたのです。たっくんの時だって、たしか一ばんで作曲したはずです。

ところが、いつものテツロウとは、どこかちがっていました。どんなに作曲したって、まんぞくしないのです。

「うーん、だめだ! どれもこれも、ぱっとしない。」

テツロウは、とちゅうで演奏《えんそう》をやめると、サックスをおろしてさけびました。

かみをかきむしり、その場にしゃがみこむと、床《ゆか》をばんばんたたきました。

「作曲のひとつもできないなんて、自分には才能がないのかもしれない。おいら、人間を救うために生まれてきたというのに、このざまだ。なさけないったらありゃしない。」

しだいに、いかりがこみあげてきました。

かみさまだって、なやむということでしょう。テツロウが心配していたのは、かがみという素材でした。

「かがみは、ガラスでできている。しょうげきをあたえると、いともかんたんにわれる。ガラスのはへんは、ナイフといっしょで、先がとがっている。いわゆる凶器《きょうき》だ。もしわれたら、大切な脳《のう》をきずつけることになる。脳《のう》は、ひじょうにびんかんだ。かくじつに、しょうがいが起こる。」

テツロウには、かがみのとり方が気になっていたのです。ただとるのだったら、すぐにだってできます。でも、今度は山ではないのです。場所が場所だけに、どんなにしんちょうになっても、なりすぎることはありませんでした。

それに、今回のことは、テツロウの性格が事態をしんこくにしていました。ちゅうとはんぱが、きらいだったのです。いいかげんな曲を聞かせて失敗するくらいなら、聞かせない方がましです。まんぞくのいく曲ができたら、まっ先におばあちゃんに会おうと思っていました。

「高きゅう脳《のう》の前にたちふさがるかがみをとるには…？　ガラスをしびれさせて枠《わく》からすっぽりぬけるような感動的な曲がいいか、それとも、ガラスがとけだすようなロマンチックな曲がいいか。それとも、めちゃくちゃこうげきてきな曲にしてこなごなにくだいてとるか。この場合、ガラスが大切な脳にささらないよう、すぐに、はへんを片《かた》づける必要がある。」

テツロウは、あらゆる場面を想像して作曲にはげみました。この前、切りそろえたはずのひげはのびほうだい。目の下には大きなクマができ、まるかったほおもこけていました。食べることよりも、ねむることよりも、今は作曲が大事でした。

「テツロウったら、すごい迫力《はくりょく》ね。こわくて、ちかづけないわ。そばに行ったらにらまれそう。」

「ああ、何かにとりつかれたように曲づくりをしている。すごい集中力だ。きっと、いい作品を作るにちがいない。」

ジンは、まどの外の半月を見つめていいました。黄色いお月さまが、横向きで光っていました。

「あたしなんかさ、おなかがすいちゃうとだめ。何もやる気がしなくなっちゃうわ。」

「それがふつうだよ。」

「テツロウはふつうじゃない。だから、かみさまなのよね。でも、このままだと体をこわしちゃうわ。」

エッちゃんが心配そうにいいました。

「ぼくたちにできるのは、まつことだけ。あせらず、まとう。テツロウを信じてね。」

ジンは、力強くいいました。

「信じるってすてきなことね。」

「どうしたんだい？　きゅうに。」

ジンはおどろいていいました。

「信じることで、テツロウの曲が生まれる。信じることにより、曲は確かなものになる。そんな気がするの。」

「その通りさ。信じることにより、テツロウに新たなエネルギーが生まれる。見守ることが、テツロウに無限のパワーをあたえる。」

「だけど、あたしたちが信じてるなんて、テツロウは知らないでしょ。」

「もちろんそうさ。知るはずはない。でも、体全体で気配を感じてるはずさ。」

ジンは、体をあつくしていいました。

「てことはさ、ジン。あたしたちも、曲作りに参加してるってことね。何だかうれしくなってきたわ。おばあちゃんのために、あたし、まつ。いつまでも…。そうだ、あたしメロンパン食べてまとう。あー、おなかすいちゃった。」

エッちゃんは、買い物ぶくろからパンをとりだすと、むちゅうでかじりつきました。駅前のメロンパンはやや小ぶりでしたが、メロン果汁がたっぷり入っていたので、ぜいたくな味がしました。

「やっぱりだめだ。いつも、食い気が先。だから、こいびとの一人もできないんだ。」

ジンは、ポツリといいました。


次の朝、テツロウは、頭にバンダナをまくと外にとびだしました。カッパ川の土手を走ると、風のせいがいろんなお話を聞かせてくれました。

「ミンミンゼミの青年が、アサガオのむすめにひとめぼれをしたってさ。朝からばんまで、ラブソングを歌いプロポーズしてる。」

「クワガタムシのがんこじじいが、ばあさんと大げんかして家出したんだ。今、家族があわててさがしてる。」

耳をすますと、バッタやカマキリの声も聞こえました。

「これから、バッタバタ王のたん生会《じょうかい》なの。何をきていこうかしら？」

バッタおばさんが、ドレスをえらびながらいいました。

「いつもグリーンだから、ピンクの花がらもようもいいんじゃない？　ところで、あなた、きゅうでんにまねかれたの？　いいわね。あたしには、しょうたいじょうがこなかったのに…。」

カマキリおばさんが、うらやましそうにいいました。

「パーティーには、おいわいがかかせない。お金がかかるの。よかったらかわりに行く？」

「そんなことできないわ。あたしは、まねかれざる客だもの。王さまはこのカマがきらいなの。ふりあげるとこわいらしいわ。」

「ええっ、こわい？　ぜんぜんこわくなんかないのにね。でも、王さまはあなたのことよく知らないから、しかたないわね。」

というと、バッタおばさんはピンクのドレスにきがえました。

「とってもすてきさ。手みやげは、シロツメクサの花たばがいいよ。今、まんかいだ。ほら、そこにさいている。」

テツロウが声をかけると、バッタおばさんは目じりをさげて、

「あらまっ、ありがとう。ところで、あんたこの辺《へん》じゃ見かけない顔だね。いったいだれだい？」

とたずねました。でも、返事はありません。テツロウは、走りさった後だったのです。

　とちゅうに、キリン橋がありました。そこをわたって折り返すと、ほぼ十キロです。いつからか、このコースがテツロウの日課《にっか》になりました。

　カッパ川のしゃめんをかけおりると、水面に自分のすがたがうつりました。

「ぼくが反対だ。」

右手をあげているのに、水面のテツロウは、左手をあげていました。考えてみたら、かがみそっくりです。その時、ある考えがうかびました。

「もしも、かがみがふたつあれば…？　かがみにうつったものを、もう一度はんしゃさせれば…。

そうだ、元にもどる。」

テツロウはもうスピードでしゃめんをかけあがると、家にむかってかけだしました。頭の中は、もうかがみのことでいっぱい。今、テツロウに何をたずねても、きっと、『かがみをふたつ』と答えるにちがいありません。それほど、すごい発見だったのです。それを知ってか知らずか、空のお日さまは、

「夏も本番。今日は、光のうでを1ランクアップさせましょう。」

といって、ギアチェンジしてかがやきはじめました。テツロウが、

「今朝のお日さまは、情熱的すぎる。」

とつぶやいた時、ちょうど家につきました。

ランニングシャツもパンツも、びっしょりです。テツロウは、すっぱだかになるとシャワー室にとびこみました。あせをながすと、気分そうかい。鼻歌までとびだして、しあわせ気分最高になりました。体の電池がじゅう電されて、エネルギーがふつふつとわきあがってきました。

「今日は、ひさしぶりになっとくのいく曲ができそうだ。このよかんは、百パーセントてきちゅうする。」

テツロウのひとみは、今や、お日さまよりかがやいていました。近づくと、まぶしくて目を細めなければならないほどです。

テツロウはサックスを首にかけると、目をとじました。そう、イメージを広げるためです。芸術は、心の目でものを見ることで生まれます。それは、音楽も絵も文章も同じでしょう。目をとじることは、心のまどをあけることになります。

まぶたがとじられたテツロウの心には、今までくすぶっていたメロディーが、わきあがって

きました。それは、まるで、ねむっていた赤ちゃんがおなかをすかして起き出す時のように自然でした。もちろん、いつものように楽譜《がくふ》にはかきません。かかなくたっておぼえてしまうのです。もしかしたら、体のさいぼうが五線譜《ごせんふ》になり、記憶《きおく》してしまうのかもしれません。

　時計の長いはりが一周したころ、テツロウがさけびました。

「できたぞ。けっさくだ。」

「テツロウ、おめでとう。」

エッちゃんとジンが、声を聞きつけてとんできました。

「どんな曲だい?」

ジンがきょうみしんしんにたずねました。

「そうだな。ひとことでいうと、バラードっぽいかな。全部で三楽章。タイトルは、『ミラーよ、倍になれ』だ。」

「ええっ、ミラーが倍?　ミラーをとるんじゃないの?　倍にしたらたいへん。いったいどういうこと?」

今度は、エッちゃんがふしぎそうな顔でたずねました。

　テツロウは、今朝思いついたかがみのはんしゃのことをざっと説明すると、

「さっそく明日、おばあちゃんに会いにいこう。うまくいくよかんがするんだ。」

テツロウは、じしんまんまんにいいました。　エッちゃんは、女の人に電話をかけると、明日、教室へおばあちゃんをつれてくるよう伝えました。

「しょうちいたしました。九時ですね。」

女の人の声がはずんでいました。

次の日、エッちゃんは紙ぶくろにテツロウをつめこむと、学校へでかけました。もう、三度目だったので、きんちょうはありませんでした。

教室の時計が九時をさそうとした時、ノックの音がしました。

「どうぞ。」

というと、ドアがあき、やや太めの女の人が額《ひたい》のあせをぬぐいながらあらわれました。モスグリーンのワンピースは、ふきだすあせで色がかわっています。続いて、つえをついたおばあちゃんが、笑顔で顔をくしゃくしゃにしてあらわれました。まっ白いかみにセピア色の着物がよくにあっています。

「こんにちは。」

女の人がいいました。

「はちにんこ。」

おばあちゃんがいいました。

「八人の子？」

エッちゃんが、首をかしげました。

「魔女《まじょ》先生、それ、おばあちゃんのあいさつなんです。さかさ言葉で『こんにちは』っていいました。ぶれいをおゆるしください。はじめまして。わたくしは、こずかかずこと申します。今日は、お会いできてほんとうにうれしいです。先日のお話が実げんできるなんて、まるでゆめみたい。やくそく通り、おばあちゃんをつれてきました。今年で、八十八才になります。」

かずこさんは一礼すると、おばあちゃんを見やっていいました。

「こんにちは。よくおいでくださいました。かずこさん、今日は、おばあちゃんに音楽を聞いていただきます。音楽を演奏《えんそう》するのはこの人形です。」

というと、エッちゃんはテツロウをテーブルの上へあげました。

テツロウは、きんちょうでバリバリになりました。苦しさでいきもまんぞくにできません。それもそのはず。今、まさに好奇心《こうきしん》おうせいの四つの目にぎょうしされているのです。その上、人形ということなので、よけいな動きはきんもつ。せなかをかいたり、手足をのばしたりすることもできません。

「あらまあ、かわいい人形ね。ひげがよくにあう。」

というと、かずこさんがテツロウのくちひげにタッチしました。そのしゅん間、テツロウは、くしゃみがでそうになりました。でも、死ぬ思いでこらえました。そのせいで、顔がまっかになりました。その時です。おばあちゃんが、

「うあにくよがげひ。ねうょぎんにいいわかあまらあ。」

といいました。わらうと、顔がしわくちゃになりました。しわの中に、細い目がキラリと光っていました。

「ごめんなさい。またたわ。」

かずこさんは、あやまりました。

「心配しなくていいわ。それが、ご病気なんですもの。でも、ほんと、さかさ言葉がおじょうず。長い言葉さえ、紙にメモしなくともさかさまに言ってしまう。才能にも思えるほどだわ。」

エッちゃんは、感心していいました。

「そんなことといわないでください。家族としては、おばあちゃんの思いが伝わらずかなしんでい

るのです。」

「ごめんなさい。あたしったら、失礼《しつれい》なことをいってしまいました。あやまります。」

エッちゃんは、不用意にはいってしまった言葉をはじめました。

「おばあちゃん、音楽は好きですか？」

とたずねると、おばあちゃんは、

「かすできすはくがんお、んャちあばお。」

とこたえました。

「わかりました。さっそく、この音楽を聞いてください。」

テツロウの音楽が始まりました。この音楽は、三楽章からなっていました。

まず、一楽章は『お日さまの旅』です。お日さまの青年が、宇宙《うちゅう》をたんけんするお話です。火星や金星、マントヒヒ星やバナナ星をおとずれ、さまざまの生き物と友だちになります。

次の二楽章は『お月さまの旅』。暗やみの好きなお月さまのむすめは、毎ばん、ひとりで夜道を散歩《さんぽ》していました。ところが、ある日、まちがって明るい時間に散歩《さんぽ》にでてしまいます。その時、ぎんぎらぎんのお日さまの青年に出会い、恋におちます。お日さまの青年も、また、うちに秘めたかがやきを放つお月さまに恋《こい》します。

しめの三楽章は『お日さまとお月さまのデュエット』です。恋におちた二人が、なかよく手をとりあって歌をくちずさみます。青い空には、お日さまとお月さまの光がとけあって、かがやきだします。うりふたつのまる顔の二人が見つめ合うシーンで、終了です。

テツロウは、わざと、クライマックスで音楽をきりました。なぜかって？　それは、ここで、かがみを二つにしたかったからです。お日さまとお月さまは、いつもデートができません。それは、活動時間がちがうからです。いつもいっしょだと、昼と夜がなくなってしまうでしょう。そんなことになったらたいへん。かみさまのいかりにふれ、もう二度と会えなくなってしまいます。そこで、あまぐもおばさんが考えて、二人にいつも相手の顔を見ていられるように、かがみのプレゼントをします。それが、おまけの章です。演奏《えんそう》は、三楽章までですが、この音楽には、ちゃんと、『エピローグの章』までついていたのです。テツロウは、なんてかしこいかみさまだったでしょう。

やがて、音楽がやみました。でも、口をひらく人はいません。感動でむねがしめつけられて、声にならなかったのです。部屋《へや》はしばらくの間、しんとしずまりかえっていました。

テツロウは、おばあちゃんのことが気にかかっていました。魔女《まじょ》先生も同じです。ゆうきをだして、

「おばあちゃん、どうでしたか?」

とたずねると、おばあちゃんは、

「おばあちゃん、どうでしたか?」

と、くり返していいました。かずこさんがおどろいて、

「あれっ、一体どういうこと?」

と、きつねにつままれたような顔でつぶやくと、おばあちゃんも、

「あれっ、一体どういうこと?」

と、くり返していいました。

「どうしたんだろう。たっくんとおんなじになっちゃった。」

テツロウには、何がなんだかわかりません。

他の質問をいくつかしてみましたが、おばあちゃんは、オウムみたいにくり返すばかりです。

魔女《まじょ》先生は、

「すみません。おばあちゃんのさかさ言葉がなおったと思ったら、おうむ返しになってしまいました。また、れんらくをさしあげますので…。今日のところは、おひきとりください。ごめんなさい。」

といって、あやまりました。

「さよなら。ありがとうございました。」

「さよなら。ありがとうございました。」

かずこさんがいうと、おばあちゃんがくり返していいました。


「大失敗《しっぱい》だ。」

二人が帰った教室で、テツロウは、しんこくな顔をして何度もいいました。ショックをかくしきれません。

「さかさ言葉をなおすためには、二つのかがみをおけばいいって信じてたけど、大きなまちがいだった。高きゅう脳《のう》の前にかがみが二つもあってじゃまするので、やっぱり考えることができないんだ。」

「これじゃ、やまびこと同じ。」

魔女《まじょ》先生がいいました。

「かがみが、二つになってしまった。とすると、じたいはますますしんこくだ。」

テツロウが、目をとじていいました。

そのばん、出窓《でまど》では、テツロウの作曲が、再開されました。ひげをなでなで考えては、演奏《えんそう》をくり返していました。

「おばあちゃんのおうむ返しをなくすには、二つのかがみを完全になくすことだ。高きゅう脳《のう》を動かすために、全力をそそごう。」

14　風にシャボンをぬる

　夜もふけたころ、

「そうだ、シャボン玉だ！」

というと、テツロウはまっぱだかのままシャワー室からとびだしました。

　テツロウのようすが気になり、なかなかねつかれなかったエッちゃんが、ベッドからはね起

きて、

「どうしたの？　テツロウ。パンツくらいはいてよ。」

と声をかけました。でも、エッちゃんの声などまったく耳に入りません。テツロウは、

「今まで、どうして、こんなかんたんなことに気づかなかったんだろう。」

とひとりごとをいいながら、サックスをかかえ、シャワー室にとびこみました。口にはストローをくわえています。

（テツロウ、いったいどうしたというの？　ほんとうに、気でもちがったの。）

エッちゃんはむなさわぎがして、シャワー室をそっとのぞきました。別に、のぞきのしゅみがあったわけではありません。

　すると、どうでしょう。シャワー室はシャボン玉であふれていました。なんと、テツロウは、ストローでシャボン玉をふいていたのです。

「あらまったら、あらまっ。こんな真夜中にシャボン玉をふくなんて、やっぱりへん。いっこくも早く、テツロウを病院へつれていかなくちゃ。」

エッちゃんはキュウリのようにまっさおになって、電話ちょうをめくりました。

「あったわ。『ハートクリニック』。ここにしましょ。」

　その時、シャワー室からサックスのけいかいな音がひびいてきました。

「えっ、今度は、だれもいないシャワー室で演奏《えんそう》？　ますますおかしいわ。」

エッちゃんは、血の気がひいていくのを感じました。たおれるすんぜん。顔色は、キュウリからナスに変わっていました。これじゃ、エッちゃんの方が病院へいった方がいいかもしれません。次第に遠のくいしきの中で、

（かなしいけれど、テツロウの病気は確かだわ。）

と、思いました。

そのしゅん間、エッちゃんは体中の力がぬけ、立っていられなくなりました。電話ちょうをかかえたまま、へなへなと、その場にしゃがみこむとゴロンと横になりました。静かに目をとじると、まもなくいしきがなくなって、すーすーというねいきだけが聞こえました。きゅうげきなショックで、いしきをうしなったようです。

十分ほどたったころ、エッちゃんはようやく目をさましました。シャワー室では、演奏《えんそう》が続いていました。

「テツロウったら、まだ、演奏《えんそう》してる。」

シャワー室をのぞくと、シャボン玉にまみれてテツロウはのりにのって演奏《えんそう》をしていました。

体全体が、だいじゃのようにきみょうにうねり、小さなテツロウが大きく見えました。たましいがこもった演奏《えんそう》とは、こんなことをいうのかもしれません。まるで何かにのろわれたように、サックスをふきならしています。エッちゃんは身動きひとつせず、じっと聞き入りました。

しばらくして、曲がやむと、

「かわいそうな、テツロウ。」

と、ぽつんとつぶやきました。

エッちゃんは何もできず、ただ見つめていました。テツロウがしんけんであればあるほど、かなしさはふくれあがりました。

しばらくすると、とつぜん、ひめいににたさけび声が聞こえました。

「とうとう、できた！」

「とうとう発病しちゃった！」

テツロウとエッちゃんが、ほとんど同時にさけびました。

しかし、エッちゃんの思いとはうらはらに、テツロウはまったく正気《しょうき》でした。正常でした。

そして、だれよりも冷静《れいせい》でした。もちろん、病気なんかではありませんでした。

じつは、ある実験《じっけん》をしていたのです。シャワーをあびていた時、とつぜん、そのアイディアはひらめきました。

どんなアイディアかって？　もちろん、作曲にかんするものです。テツロウは、つねづね『音楽は、とうめいな風に色をぬるようなものだ。』と考えていました。シャワーをあびながら、『色をぬる』ということについて、考えてみました。

もし、風にサクラ色をぬったら、春のメッセージをとどけられるでしょうか。それは、生き物が生まれてくるおどろきであったり、出会いのときめきであったり、進級の喜びであったりするのかもしれません。

もし、風にかれ葉色をぬったら、秋のメッセージをとどけられるでしょうか。それは、冬をこせない虫や動物たちが死んでいくかなしさであったり、別れのさびしさであったり、木の葉がおちていく切なさであったりするのかもしれません。

色をぬるということは、作曲家がとどけたいイメージをおんぷ、つまり音に変化させ表現することです。作曲家のメッセージが人々の五感にとどいた時、感動が生まれます。場合により、あらしをまき起こすこともありうるのです。

「色のかわりに、シャボンをぬったらどうなるだろう？」

テツロウはシャボンを見て、ふと、おもしろいことを考えついたのです。

シャボンには、体のよごれを洗い流し気分をフレッシュにする作用があります。あかをとりさる成分《せいぶん》にくわえて、うっとりするかおりがついているのがシャボンのとくちょうです。「シャボンだったら、耳だけでなく鼻からもメッセージがとどけられる！　とすると、こうかは二倍、三倍、いやもっと十倍、もしかしたら百倍にもなるだろう。よけいなものに、『消えろ！』と命令し、消し去るパワーがひそんでいるとしたら…？」

ここまで考えると、テツロウはこうふんしました。

「もし、うまくいけば、かがみがとれるかもしれない。でも、どうやってシャボンをぬろう？」

テツロウは曲の調べだけでなく、かおりまでをあわせ持つ作曲について考えてみました。考えて考えて、考えぬきました。でも、いくら考えても、頭には何もうかびません。それはとうぜんのことでした。なぜなら、人類がたん生《じょう》して以来、かおりのついた音楽などひとつもありませんでしたから…。

「だめだ。」

と、つぶやいた時、心の中で声がしました。

「テツロウ、君はかみさまじゃないのか。人間の苦悩《くのう》を救うために、生まれてきた。君にできないことは、何ひとつないはず。だけど、あきらめたらおしまいさ。できることもできなくなる。」

「そうだった。おいらはかみさまなんだ。何でもできる。ぜったいにあきらめないぞ。」

テツロウが自分にいいきかせるようにつぶやいた時、ぺしゃんこになっておしつぶされていたパワーが、じょじょにふくれあがってきました。

少したつと、パワー全開。テツロウは、考えることに全神経《しんけい》を集中させました。

「とうめいな風に、シャボンをぬる。ぬるには、シャボンをうかせた方がいい。かんたんにうかせる方法は…?」

その時です。とつぜん、ひらめきました。

「そうだ！　液体のシャボンを、シャボン玉にしてとばしてみよう。シャボン玉は空気をつつみこんでうかぶから、その時がチャンス。あふれかえるシャボン玉のその中で、演奏《えんそう》してみよう。曲のフレーズ、つまり、おんぷがシャボン玉にとびこみ、シャボンをぬることに成功《せいこう》するかもしれない。」

テツロウは、ひらめくといてもたってもいられなくなり、まっぱだかのままシャワー室をとびだしたのです。それからは、さきほど書いた通りです。

そして、ついさっき、できました。実験《じっけん》はみごとに大成功《せいこう》。でも、みなさんは、すぐに信じられず、

「ええっ、まさかのへんちくりん。もしかして、あたしをだまそうとしてるでしょ。」

なんて、いうかもしれません。でも、しかたありません。それほど、ふだん起こりそうもないことですもの。おそらく、こんなことを『きせき』っていうのでしょう。かみさまにきせきはつきものです。


テツロウは、とうめいな風にシャボンをぬる、つまり、曲のフレーズにシャボン玉をのせることに成功したのです。人間には見えませんが、かみさまのテツロウにははっきりと見えました。もっと正確にいうと、シャボン玉の中におんぷ、つまり、『♪』が入っているのが、しっかりとうつったのです。

「ヤッタ、ヤッタ、ヤッター！」

テツロウは、真夜中のシャワー室で何度もさけびました。

音楽がおばあちゃんの耳に入る時、シャボンもいっしょですから、じゃまなかがみをとりさってくれるでしょう。

でも、よく考えると話ができすぎです。生まれたてのシャボンは、かがみをとるということを知りません。体をこすってあかをとることは本能《ほんのう》としてそなわっていますが、かがみをとるなんて、聞いたこともありません。

そこで、シャボンに、『かがみはあかと同じで不要である』と認識《にんしき》させておく必要がありました。そうでないと、何か大切《たいせつ》なものを消し去ってしまう可能性があります。そうなってしまったら、たいへん！　脳《のう》はストライキをおこし、たちまち動かなくなってしまうでしょう。小さなねじひとつなくても、大こんらんをまきおこす。脳《のう》は、それほどせいみつにできているのです。

「さてさて、シャボンにどうやって伝えよう。」

難問《なんもん》をひとつかいけつしたテツロウの頭に、次なる問題が大きくわきあがってきました。

でも、テツロウにとって、それほどむずかしいことではありませんでした。えっ、どうしたかって？　曲のフレーズに、『脳《のう》の前にたちふさがっている二つのかがみはじゃま。すぐにとりさってくれ。』というメッセージをつけくわえたのです。

次の朝、テツロウは、元気よく目ざめました。外はまだ暗く、新聞配達《はいたつ》のバイクの音だけがひびいていました。時計のはりは、四時半をさしています。いつもだったら、ぐっすりねむっている時間です。

テツロウがベッドについたのは、二時半くらいでした。その計算でいくと、すいみん時間はたったの二時間。でも、作曲ができた喜びで、ねむ気はふきとんでいました。テツロウは顔だけあらうと、ドアをあけ外にとびだしました。じっとしていられなかったのです。生まれたての空気は、どんなにおいしかったでしょう。テツロウは、チーターのようにいきおいよく走りました。

家にもどると、六時をまわっていました。でも、エッちゃんは、まだ起きてきません。きのうのばん、テツロウの病気のことが気にかかりじゅくすいできなかったのです。ふとんの中でうつらうつらしていました。

そんなこともつゆ知らず、テツロウは、エッちゃんのベッドにのっかると、ポンポンはねてゆり起こしました。

「テツロウ、もう少しねむらせて！」

「とつぜんだけど、今日、おばあちゃんに会わせてほしいんだ。」

「ええっ、今、何ていった？」

エッちゃんは、ねむい目をこすりこすりいいました。

「おばあちゃんに会わせてほしい。」

「テツロウ、あなたは、今日、病院へ行った方がいいわ。頭はいたくない？」

「ぜーんぜん。すっきりそうかい。さっき、ランニングしてきたところさ。」

テツロウのひたいには、あせの玉が光っていました。

「ランニング？」

「ああ、そうさ。頭がいたかったら走れないだろう。おいら、どこも悪くない。ピンピンしてる。そんなことより、きのう、おばあちゃんの曲ができたんだ。けっさくちゅうのけっさくだよ。今度は自信がある。忘《わす》れないうちに、すぐに聞いてほしいと思ってさ。だめかな?」

「えっ、できたの? それはすごい。さっそくかずこさんにつたえることにする。」

　エッちゃんの電話にかずこさんは、どんなにおどろいたでしょう。しょうじき、もうだめかと思っていたのです。エッちゃんが、

「今日、こられますか? お時間があいていたら、きてください。」

というと、かずこさんは、こうふんしまくって、

「もちろん、あいていますとも…。魔女《まじょ》先生、ありがとうございます。」

と、見えない相手に頭を大きく下げました。そのひょうしに、じゅわきを落とし、切れてしまったほどです。エッちゃんは、かずこさんのおどろきぶりに笑みをこぼしました。


　教室のドアがあきました。もちろん、かずこさんとおばあちゃんです。今日は、二回目となり、二人ともくつろいだようすでした。

「こんにちは。魔女《まじょ》先生。」

かずこさんがいうと、おばあちゃんも、

「こんにちは。魔女《まじょ》先生。」

とくり返していいました。

やはり、おうむ返しです。エッちゃんが、

「よくきてくださいました。さっそく、おばあちゃんに音楽を聞いてもらうわね。」

というと、おばあちゃんは、顔をくしゃくしゃにして、

「よくきてくださいました。さっそく、おばあちゃんに音楽を聞いてもらうわね。」

と、いいました。かずこさんが、顔を赤くして、

「あらまっ、おばあちゃんたら、魔女《まじょ》先生に失礼《しつれい》よ。」

というと、おばあちゃんが、

「あらまっ、おばあちゃんたら、魔女《まじょ》先生に失礼《しつれい》よ。」

といいました。

「大じょうぶ。いいのよ。」

魔女《まじょ》先生はほほえみました。テーブルの上にテツロウをだすと、

「また、この前と同じ。この人形が演奏《えんそう》をします。じっくりと聞いてくださいね。ただ、聞くことに、集中してください。」

と、しずかにいいました。

テツロウがエッちゃんに合図すると、エッちゃんはシャボン玉をふき始めました。かずこさんが、

「わたしもふきたいわ。」

というと、おばあちゃんも、

「わたしもふきたいわ。」

といいました。

かずこさんとおばあちゃんがくわわって、三人はシャボン玉をふきました。

教室は、あっという間にシャボン玉でいっぱいになりました。その時、テツロウの音楽が始まりました。

15　シャボン玉ジャズ

　テツロウの演奏《えんそう》した曲は、『シャボン玉ジャズ』です。ジャスミンのかおりがただようなかで、演奏《えんそう》が始まりました。

「いいかおり。」

かずこさんがいうと、おばあちゃんもうっとりした顔で、

「いいかおり。」

と、いいました。

第一楽章は、ちょうスローテンポで始まりました。七小節ほどふいたころ、お日さまが教室に顔をのぞかせました。シャボン玉がキラキラ光り、七色のビードロになりました。

その時、おばあちゃんのひとみのおくに熱い火がやどりました。それは、一ミリほどもない小さな種火《たねび》でした。でも、何万ボルトもの強いかがやきがありました。おばあちゃんに、何かが起こったのでしょうか?

少しすると、おばあちゃんの心に、一枚のスナップ写真がはりつきました。みつあみがかわいい十才くらいの女の子と、フリルのエプロンがにあうお母さんがシャボン玉をとばしている白黒写真です。それは、まぎれもなく、かずこさんとおばあちゃん自身でした。

おばあちゃんの心には、かずこさんが子どものころ、いっしょにシャボン玉をとばした時のふうけいが、うかびあがってきました。もう何十年も前のことです。どんなに、なつかしかったことでしょう。

いいえ、正確にいうと、おばあちゃんの心はそのころにもどっているので、なつかしいという表現はぴったりしません。とにかく、とつぜんタイムスリップして、かずこさんはみつあみの女の子、おばあちゃんは若いお母さんになりました。かずこさんが家の外から、

「ママ、シャボン玉とばそう。」

とよぶと、お母さんはそうじしていた手を休め、にこにこして、

「かずこは、シャボン玉が好きね。そうじがおわってから、いくわ。」

といいました。ところが、次のしゅん間、きびしい表情《ひょうじょう》になり、

「かずこ、まって！　ママもすぐいくわ。あぶないから、車道にはぜったい出ないでね。」

といって、すぐにでてきました。あんまりあわてていたので、ピンクのサンダルは左右ぎゃくです。

「ママったら、サンダルが反対よ。」

かずこさんがコロコロわらうと、わらい声は空気をゆさぶりながら空高くのぼっていきました。さえぎるものが、何ひとつなかったのです。お母さんもつられて、コロコロわらいました。二人のわらい声は、ひびきあい、空気をくすぐりのぼっていきました。

空を見上げると、雲ひとつありません。まるで、青い紙をはったような美しさです。

「なんて、すばらしいのでしょう。雲のない青空はたまにあるけれど、こんなにこい色の青空は、年に何回もないわね。もしも、絵にかくとしたら、パレットにスカイブルーの絵の具をたっぷりと出し、水はほとんどいれない。だって、きちょうな青がうすまっちゃうもの。」

お母さんが、まんまるの笑顔でつぶやきました。水彩画がしゅみで、たまに絵をかいていたのです。

じっと空をながめていると、かなたに、ショートカットの女の子があらわれました。年は五才くらいでしょうか？

（町子！）

お母さんは、心の中でさけびました。

「ママ、何やってるの？　早く、シャボン玉とばそうよ。」

かずこさんの声にはっとして、あわててストローをくわえました。ふーっとふくと、ストローの先にシャボン玉の赤ちゃんが生まれました。こわさないようゆっくりいきをふきこむと、次第に大きくふくらんでいきました。そして、風がふくと、ストローの先からはなれ、ふわふわとんでいきました。

(町子のところへとんでいって、私の気持ちをとどけておくれ。)

お母さんが、いのるような気持ちでシャボン玉を見つめている時、一羽のカラスがやってきてつつきました。シャボン玉は、長いくちばしでつつかれると、かんたんにこわれてきえました。

(なんてことを…。)

お母さんは、心の中が灰色《はいいろ》になりました。今にも、大雨がふりそうです。かずこさんは、お母さんのかなしそうな表情を見て、

「いたずらな、カラスね。」

と、こまった顔でいいました。


テツロウの曲が、アップテンポにかわりました。第二楽章です。おばあちゃんの心は、タイムスリップしたまま、つまり、若いお母さんのままシャボン玉をふきつづけました。

エッちゃんも、かずこさんも、みんなでふいているので、教室はシャボン玉でぎゅうぎゅうづめです。でも、こわれてきえるので、つづけてふいても、あふれることはありませんでした。

お母さんが気を取り直し、ストローをいきおいよくふくと、小さなシャボンがいくつもとびだしました。イチゴにピンクにオレンジ色。レモンにわかくさにスカイブルー。どれもビー玉に負けないくらいまんまるです。たくさんのシャボン玉にまじって、中には、ふたごやみつごもありました。

画家のお日さまに色どられ、シャボン玉のダンスがくりひろげられました。あっちでチャチ

ャチャ、こっちでチャチャチャチャ。シャボン玉は、風にゆられしあわせそうにまいました。さあさあ、シャボン玉カーニバルの始まりです。

お母さんは、シャボンをむちゅうでふきました。まるで、何かを忘《わす》れさろうとしているかのように…。

テツロウは、お母さんの表情をみながら演奏《えんそう》をつづけました。しばらくふきつづけると、つかれたのでしょうか。お母さんは、ストローを口からはなしました。

その時、テツロウもまた、サックスを口からはなしました。ほんのいっしゅんのことです。心の中でリズムをとると、両目をとじ、

(よーし!)

と、さけびました。

おなかにいきをいっぱいふきこむと、すぐにマウスピースをくわえ、サックスをふきならしました。でてきた音は、清流をピチピチはね回るわかあゆのようないきおいと、おなかをすかした二匹のライオンが食べ物をとりあっているようなはげしさがありました。元気じるし百倍の曲でした。ビートがきいて、迫力《はくりょく》まんてんです。エッちゃんは曲を聞いて、むちゃくちゃドキドキしました。

「テツロウって、すごい演奏《えんそう》をするのね。人の心をこんなにもしげきする。」

曲そうがアップテンポからダイナミックにかわり、第三楽章が始まりました。もちろんおばあちゃんの心は、タイムスリップしたままです。

お母さんが空を見あげると、また、ショートカットの女の子が見えました。お母さんは目を

とじると、ストローをゆっくりとくわえました。しずかにいきをふきこむと、てのひらサイズの、それは巨大なシャボン玉が生まれました。

「わあっ、ママ、かいじゅうみたい！」

かずこさんが、目をまるくしていいました。

風がふくと、ストローからはなれ、空の上にふわっともちあがりました。

（今度こそ、町子のところまで、とんでいっておくれ。）

その時、あのいたずらカラスがやってきました。

「また、あいつ、やってきたわ。あっちへ行って！」

かずこさんがにらんだ時、カラスはお母さんの顔をちらっと見やり頭を下げました。まるで、あやまっているようなかっこうです。

「へんなカラス。頭なんか下げて、何やっているんだろう？　いたずらカラスだったらいたずらカラスらしく、どうどうといたずらしてればいいのに…。」

お母さんは、ふしぎに思いました。

カラスは巨大なシャボン玉の下に来ると、さっきのようにつつきませんでした。それどころか、まるで外《がい》てきから守るかのように羽をひろげ、空にのぼっていきました。

友だちのワシやスズメがやってきて、首をかしげました。

「へんだな。カンクロウ親分、いつもとちがう。」

口々にいいながら、シャボン玉をつつこうとしました。

このカラスの名前は、『カンクロウ』といいました。カンクロウは、

「やめてくれ。このシャボン玉をわろうとするやつは、ぜったいにゆるせない。友だちだってた

おす。」

といって、そのたびにけんかしておいはらいました。カンクロウの羽は、たたかいのたびにぬけおちていきました。いく度たたかったことでしょう。

『一ぴきオオカミ』のごとくたたかいぬくカンクロウは、へとへとになっていました。空に近づくごとに、むざんなすがたへとかわっていきました。それでも、むかってくる相手がいれば、たたかっておいはらいました。

ひとむかし前にきずいた、『勇気りんりんいたずら大将《たいしょう》』のかげは、どこにもありません。今は、だれが見たって、『つかれきったはげガラス』といったひょうげんがぴったりでした。

友だちとけんかするのは、どれだけつらかったでしょう。知らない他人の方が、まだましというものです。カラスは、自分でもよくわからない力にあやつられるようにたたかって、巨大《きょだい》なシャボン玉を守りぬきました。

おしゃべりスズメは、空中の鳥たちに、

「たいへんだ。あのいたずらカンクロウが、善人になっちゃった。頭がくるったにちがいない。」

といいふらしました。ワシのじいさんは、

「いたずら大将《たいしょう》のカンクロウがあんな行動をおこすようでは、これから、鳥の世界はかわるかもしれん。新しい時代がやってくるぞ。のんびりしてなどいられない。そうじゃ、フクロウの博士にそうだんしてこよう。」

といって、東の空へとんでいきました。

もう、てきはありません。シャボン玉はゆらゆらゆらゆら、ゆーらゆら、うれしそうにまいあがります。いたずらカラスに守られながら、空の階段をのぼっていきました。そして、とう

とう階段の最上階。空のてっぺんまでつきました。お母さんは空にむかって、

（町子！）

とさけぶと、ショートカットの女の子は笑顔になりました。

（わたしの気持ちがとどいたわ。）

お母さんはしあわせそうな笑みをうかべ、しずかに目をとじました。


その時、テツロウの曲がおだやかになりました。第四楽章です。

カンクロウは、お母さんの心の声を聞いてほっとしました。安心すると、まぶたがおりました。つとめをおえたとたん、体中の力がどっとぬけたのです。

もはや、カラスには、空の階段をおりる力が、ぜんぜんのこっていませんでした。外《がい》ときとのたたかいで、全部つかいはたしてしまったのです。かわいそうに、カラスは天にめされました。

「カラスよ、ありがとう。おまえは、いたずらカラスなどではなかったんだね。私《わたし》の望みをかなえてくれた恩人《おんじん》だよ。」

お母さんは、天にむかい手をあわせました。

宇宙《うちゅう》のすみっこで、このようすを見ていたかみさまは、カラスを手のひらにのせると、

「心の美しいカラスには、また、新たな命をさずけよう。」

といって、カラスに金色のいきをふきかけました。すると、どうでしょう。カラスは、よみがえりました。目をあけると、パタパタと金色の羽をはばたかせ、明るい光をめざしとんでいきました。

「こんどこそ、お母さんに会えるよう、いのっておるぞ。」

かみさまが見送りました。


そのしゅん間、テツロウの曲がぴたっとやみました。おばあちゃんの耳に、『タイムスリップしゅうりょう』のベルが、高らかになりひびきました。

と同時に、お母さんはおばあちゃんにもどっていました。

「さっきまで、わたしは、わかいころのゆめをみていたようじゃ。ゆめの中で、まだ十才のかずことシャボン玉をふいておったよ。じつはな、かずこ、今までないしょにしていたことがある。おどろかんで聞いてくれ。おまえには、町子という、三つちがいの姉さんがおった。」

「姉さん？　わたし、ひとりっ子だとばかり…。」

かずこさんは、口をぽかんとあけたままかたまってしまいました。

「生きていれば、そうさな、今年でちょうど…六十じゃ。」

「ぜんぜんしらなかった。」

かずこさんが、ようやく声をだしました。

「かくしておったから、むりもないさ。それに、町子がなくなった時、かずこは、まだたったの二才。おぼえていなくたってしかたない。」

おばあちゃんは、かずこさんをなだめるようにいいました。

「姉さん、どうしてなくなっちゃったの？」

「そうさな。今日は、すべてをはなそう。かずこにとって、町子はたった一人の姉。知る権利《けんり》があろう。」

おばあちゃんは天井《てんじょう》にくっついたシャボン玉をみつめると、また続けました。

「あの日、町子はシャボン玉をふいておったよ。ちょうど、五才のたんじょう日をむかえた日だった。九月二十三日。忘れもしない、お彼岸《ひがん》の日じゃ。青空がきれいでな。それはシャボン玉日よりじゃった。今でも、あの青空の色は、まぶたにやきついておる。わたしは、おたんじょう日のおいわいに、シャボン玉セットをかってやった。町子はつつみをあけると、家の中でシャボン玉をふきだした。私が、『町子、外でふくと、シャボン玉が七色になるよ。』というと、町子は庭にかけだした。しばらくの間、うれしそうに、シャボン玉をとばしておった。そこまではよかったんじゃが、そのあと…。」

おばあちゃんの言葉がとまりました。

「そのあと、どうしたの？」

かずこさんが、たずねました。むねがとっくんとっくんなりました。

「そのあと、かなしい事故がおこってしまったんじゃ。」

「事故？」

「ああ、事故じゃ。町子は…、町子は、シャボン玉をおいかけて道路にとびだしてしまったんだ。運が悪いことに、ちょうど車がやってきて…、ひかれてしまった。キキッーという音がして、家族が外にとびだした。あわてて救急車《きゅうきゅうしゃ》をよんだが、ておくれじゃった。町子の手をにぎったら、まだあたたかい。わたしは、『町子』と何度もさけんだ。事故はきっとゆめで、生き返ると思ったんだ。でも、いくらよんでも、町子は生き返らなかった。できるなら、自分の命とひきかえに、町子にいきをふきかえしてほしいと思った。ほとけ様に何度もおねがいしたが、かなわぬゆめじゃった。わたしは、おたんじょう日のおいわいにシャボン玉をプレゼントしたことをくやんだ。あのシャボン玉セットさえなかったら、町子は死ななかった。あの日以来、自分が町子をころしてしまったようなさっかくにおちいり、長い間、心をとざしてきた。年月がたつと、次第に考えることができんようになった。そして、とうとうしゃべることもできんようになってしまったんじゃ。」

「そうだったの。こんな大事なことないしょにしてたなんて、さぞつらかったでしょう。姉さんがなくなってから、今年で、えっと…、五十五年もたつんだ。母さん、よくたえてきたわね。今日は、話が聞けてほんとうによかった。うそじゃないわ。」

かずこさんのひとみは、なみだでふくれあがっていました。

「ほんとうにそう思うかい？　むりしてるんじゃないのかい？」

おばあちゃんは、心配そうな表情でたずねると、かずこさんはにこにこして、

「いいえ、ちっともむりなんかしてないわ。いつだったか、お姉さんとあそんでいるゆめをみたけれど、ほんとうのことだったんだ。心のどこかにきおくがのこっていたのね。姉さんはこの世にいなくたって、わたしの心にいる。どんなに心強いことか。」

と、いいました。

「そうか、安心したよ。」

おばあちゃんは、体中の力がぬけるのを感じました。何十年間も、たった一人でせおってきたにもつをおろしたような気持ちです。

「母さん、ところで、お姉さんのこと、ずっと長い間ないしょにしてきたのに、どうして話す気になったの？」

「あのな、さっきふしぎなことが起きたんじゃ。音楽を聞きながらシャボン玉をふいていたら、

長い間、こびりついていた胸のつかえがとれたんじゃ。町子が、『お母さん、そんなかなしい顔しないで。お母さんには、笑顔が一番にあう。だから、わらって!』って…。空の上で、わたしをはげましてくれたんじゃ。」

おばあちゃんのひとみから、なみだがこぼれおちました。

「よかったわね。母さん。」

かずこさんは、うれしそうにいいました。

今まで、かずこさんは、自分にお姉さんがいたことを知りませんでした。いると知ってどんなにおどろいたことでしょう。あんまりおどろきすぎて、おばあちゃんのおうむ返しのことをすっかり忘《わす》れていました。

そばで話を聞いていた魔女《まじょ》先生が、

「すごいわ。おばあちゃんのおうむ返しが、すっかりなおってる。」

と、こうふんしていいました。

「あれー。ほんとうだわ。おっおばあちゃんが自分の言葉でしゃべってる。」

かずこさんが、ようやく気づいてさけびました。

「大成功だ!」

テツロウが、心の中でさけびました。


ところで、どうして、いたずらカラスが善人(鳥)にかわったのでしょう? じつは、いたずらカラスには、お母さんの心の声が聞こえたのです。何とかして、願《ねが》いをかなえてやりたいと思いました。

どうしてかって？　それは、きょうぐうが、自分にあまりににすぎていたからでした。カンクロウには、お母さんがいませんでした。お母さんと、自分のお母さんを重ねあわせていたのです。小さいころ、わかれたまま、どこにいるのかわかりません。生きているのかさえ、知ることができないのです。今ごろ、どこかで、お母さんは、自分をさがしているかもしれません。そう思ったらせつなくなったのです。


そのばん、エッちゃんがいいました。

「何十年も前のストレスが、高きゅう脳《のう》をつかわせないよう、かがみを作ってガードしてたのね。」

「ああ、考えたくないという思いが、かがみをついたてにした。心の病が、体の病になるということのしょうめいだ。こわい話だよ、まったく。」

というと、ジンはビールをペロペロなめました。

「それにしても、テツロウの演奏《えんそう》はみごとだったわ。シャボン玉の作戦《さくせん》は大成功ね。」

エッちゃんが、うれしそうにいいました。

「じつは、おいらもおどろいているんだ。シャボン玉の中におんぷをおしこめて演奏《えんそう》する。つまり、聞く人に耳だけでなく鼻からもしげきをあたえる。この作戦《さくせん》により、こうかは百倍とにらんだわけさ。だけど、まさか、おばあちゃんに、かくし続けてきた『シャボン玉の過去《かこ》』があったなんて…。おいらも、おどろいたよ。世の中に、こんなぐうぜんはそうあるものじゃない。」

「ほんとうね。」

エッちゃんは、大きく首をふりました。

「それらがさまざまに重なりあい、今回は、おばあちゃんの病気をなおすことができた。ひとつの運がもうひとつの運をよびおこし、さらに作用しあって、結果《けっか》は上々《じょうじょう》。予想《よそう》をはるかにこえたってところかな。世の中にはこんなぐうぜんもあるんだって学んだよ。」

テツロウは感心していいました。そして、ビールをひといきでのみほすと、エッちゃんのひざでたちまちねむってしまいました。

「あーあ、もういびきかいてる。しかたないわね、きのうは、おそくまで、作曲していたんだもの。」

エッちゃんは、テツロウをだきかかえると、ベッドにはこびました。

「テツロウ、ありがとう。あなたのおかげでまたひとり、かけがえのない命が救われたわ。おばあちゃんの病気がなおったことで、かずこさんをはじめ、ご家族の人たちみんな大喜びされていることでしょう。」

テツロウの顔に、お月さまの青白い光があたりくっきりとうかびあがりました。その時、エッちゃんは、

（テツロウは、ほんもののかみさまだわ。こうごうしく見える。）

と、思いました。

「人間にとって大切なことは、ゆめを持つこと、生きる希望を持つこと。おばあちゃんは高きゅう脳《のう》がようやく使えるようになった。これから、いろんなことを考えるでしょうね。ご家族の人とも、会話できるようになって、これからがますます楽しみね。きっと、お日さまのようににこにこして、お月さまのようにおだやかに、花のようにやさしくほほえむことでしょう。それにしても、テツロウ！　あんたのひげ、のびるのはやいわね。いっそのこと、めんどうだか

ら、全部そっちゃおうかな。」

エッちゃんがひとりごとをいうと、テツロウがとつぜん、

「やめてくれ。」

とさけんで、うふふっとわらいました。何か楽しいゆめでもみているようです。

16　テツロウが旅に…

ある日、テツロウは胸がくるしくなって病院へとびこみました。何を血まよったか、その病院は産《さん》婦《ふ》人《じん》科《か》でした。

ごましお頭のお医者さんは、男のかんじゃさんなんてはじめてです。ボタンがはじけとびそうな白衣の上の聴《ちょう》診《しん》器《き》を手にすると、首をかしげ、

「どうされましたかな?」

とたずねました。何も知らないテツロウは、やつれた顔をして、

「エッちゃんの顔を見るとドキドキしたり、顔が赤くなったりするんです。ずっと考えていると、胸がはりさけそうになり、夜ねむれないこともしばしばです。食よくもありません。おいら、悪い病気にかかってしまったんでしょうか?」

と、いいました。その時、うつろだったお医者さんのひとみが、キラリと光りました。

「エッちゃんてだれだい?」

「ごめんなさい。そういえば、まだ説明してなかった。おいらがお世話になっている家の魔女《まじょ》さんです。」

テツロウが答えると、お医者さんは、

(ははーん、わたしをからかっているな。今時、魔女《まじょ》なんかいるわけがない。反対に、からかってやろう。)

と思いました。ひたいに深いしわをよせるとかなしげな表情をして、

「やっぱりな。その魔女《まじょ》さんは、どく身の女性だろう? まちがいないよ。君は、ひどい病気にかかっている。これは、ておくれかもしれない。」

と、いいました。テツロウはこわくなって、

「おいら、もしかして死んじゃうの?」

と、たずねました。半分、なき声になっています。

　その時、しんさつ室でずっと話を聞いていたかんごふさんがかけより、

「先生、かわいそうだわ。もう、からかうのはやめた方がいい。この方、ないていらっしゃるも

の。」

といいました。

「からかう？」

テツロウは、ひじでなみだをふきとると、真顔でたずねました。

「ごめんよ。君をだますつもりなどなかったんだ。この世に、魔女《まじょ》がいるなんていうから、わたしの方がからかわれているって思いこんでしまったんだ。それに、ここは産婦人科《さんふじんか》だろう？おとずれるのは赤ちゃんを産むかんじゃさんばかり。とうぜん、女性だけさ。ところが、さっき、いすを見たら、なんと小がらな男性がすわっているじゃないか。何だか、とってもしんせんで、やたらまぶしくうつってね。しかも、しょうじょうを聞いたら、ただの『恋《こい》わずらい』ときてる。うらやましさ半分、ついからかってみたくなったんだ。ごめん！」

お医者さんは、カメのようにみじかい首をぺこっとさげていいました。

「どうか、あやまらないでください。ぼくだって、まちがえてここにきたんだもの。そんなことより、おいら死なないよね。」

「あっははは。もちろんだとも。恋《こい》わずらいで、死ぬやつはいない。もしも、こんなんで死んだら、世界中の人が生きてないさ。」

お医者さんは、ごうかいに笑いました。体がよじれると、いすがギコギコなきました。

「ところで、恋《こい》わずらいって、いったいどんな病気なの？」

テツロウは、おそるおそるたずねました。

「人を好きになると、その情にとりつかれ、心も体も病気にかかったようになってしまうんだ。その人のことを考えるだけで、スキップしたくなるほどときめいたり、反対に、いきがすえないほど苦しくなったりする。会って話をするとドキドキして胸がいたくなるものだから、会うのをやめて一人でいようとすると、もっと苦しくなったりもする。わけのわからん病気だよ。わたしも、若いころ何度かかかったことがある。」

お医者さんは、あんぱんみたいにおいしそうなほっぺたをこうちょうさせていいました。

「それって、おいらのしょうじょうにぴったり！　まるで、自分の心がぼうえんきょうでのぞかれてるみたいだ。てことは、もしかしてさ、おいら、…魔女《まじょ》さんのことが好きってことになる。」

「そうじゃないのかい。ずぼしだろう？」

というと、お医者さんは、ニヤリと笑いました。

「そうか、自分じゃどうしようもない、このあふれだす感情が好きってことなんだ。」

テツロウは、キツネにつままれたような顔で家にもどりました。

　へんな病気かと思ったら、これが、どうやら恋《こい》らしいのです。テツロウは、生まれて初めての恋《こい》にとまどいました。


　あるばんのこと、テツロウは、ベッドから起きあがると、

「これ以上、ここにはいられない。」

と、つぶやきました。窓の外をながめると、二匹のスズムシがなかよくデュエットをしていました。まだ、一時前です。

「おまえたちはいいな。ぼくも、スズムシだったらよかったのに…。そしたら、いつまでも、エッちゃんといっしょにいられたかもしれない。好きなら好きっていえる、たんじゅんな恋《こい》がしたかったな。」

テツロウは、毎日見なれてきたふうけいに心をとめ、しばらくの間、見とれていました。

「それとも、エッちゃんを、好きになんかならなければよかったんだ。でも、もう、好きになる前にもどれない。」

というと、テツロウは、くちびるをぐっとかみしめました。

どうやら、ほんとうに、エッちゃんを愛してしまったようです。あの日、そう、病院へ行ったあの日から、ふつうにしゃべれなくなってしまったのです。かなりの重症《じゅうしょう》でした。

テツロウは、いつかくるこの日のために、荷物をまとめてありました。といっても、リュックの中身は、サックスと、バンダナと、おりたたみカヌーの三つだけでした。

「お別れだ。」

テツロウの言葉は、部屋のかべにあたってはね返り、自分の耳にとどきました。

だれにいったわけでもありません。まず、自分をなっとくさせたかったのです。リュックをかつぐと、エッちゃんのところへとむかいました。出て行く前に、一目だけ会っていこうと思ったのです。

エッちゃんは、ぐっすりとねむっていました。スースーと、気持ちよいねいきだけが聞こえました。テツロウは、

(もう一度、エッちゃんの笑顔に会えたら、どんなにしあわせだろう。)

と思いました。でも、会えば別れがつらくなるだけです。起こさないよう、気をつけました。

「エッちゃん、さよなら。」

テツロウは、エッちゃんのほおにくちづけをすると、げんかんのドアをいきおいよくあけてとびだしました。

小さなひとみには、なみだがうかんでいるようでした。けしきが二重にも三重にも見えました。目を閉じると、なみだがおちそうなのであけたまま、必死にこらえました。チーターのごとく目にもとまらぬ速さでかけだしました。

ドアのしまる音で、エッちゃんは目をさましました。げんかんにあった、テツロウのくつはありません。

「ないわ。起きていればしじゅうふいていたサックスも、ランニングする時につけていた愛用のバンダナも、いつか乗りたいっていっていたおりたたみカヌーもない。ない！　ない！　どこにもない！」

エッちゃんは、テツロウのいない部屋をそこらじゅうさがしまわりました。でも、どこにもいません。とびだしたことは、確実でした。それでも、さがし続けるしかありませんでした。

「テツロウ、どこへ行ったの？　テツロウったら、テツロウ！！！」

エッちゃんは、くるったようにさけび続けました。

テツロウは、土手に向かっていました。ずいぶん走った時、せなかにエッちゃんのさけび声が聞こえたような気がしました。

「今なら、まだ、もどれるかも…。」

テツロウは、いっしゅんまよいました。

しかし、きたえた足は前へ前へと進み、決して立ち止まることはありませんでした。

『どんなにつらくとも、大地に左足を一歩ふみだせば、必ずや右足もついてくる。このくりかえしこそ、ゴールにつながっている。』これは、マラソンの練習でテツロウが学んだ哲学《てつがく》でした。

だから、テツロウは、苦しい時は、一歩だけふみだすことに全力を注ぎました。小さな一歩が、かがやかしい勝利へとみちびいてくれたのです。小さなどりょくが、大きな成果《せいか》を生み出すということかもしれません。

テツロウは、まるで不安をかき消すかのように、まっしぐらに進みました。いっしょうけんめい走ることに集中すれば、よけいなことを考えずにすみます。走りながら、どこへ行こうか考えました。

考えて考えて、考えたぬいた末、これはもう自分の意志などでは決定できない事がらだとはんだんしました。

「そうだ！　近くの川にカヌーをうかべ、ながれついたところへすみつこう。」

テツロウは、自分の運命を大きな自然にゆだねようと思いました。『力を入れず、川の流れに身をまかせていれば、そこに、また新たな希望や喜びが必ず見えてくるさ。』そんなのんきな予感がありました。

どうしてそんな予感があったかというと、もしかしたら、テツロウは走ることにくわえて、泳ぐことが好きだったからかもしれません。何せ、両親が、クジラとチーターなのです。水を見ると血がさわいだからといって、ふしぎはありませんでした。

土手をかけおり、川岸につきました。テツロウは、リュックからおりたたみカヌーをだすと、てぎわよく組み立てました。骨組みに真っ赤なカバーがかけられると、カヌーに両手を合わせて、

「さあ、できた！　これは、おいらの運命をにぎる『ドリームシップ』だ。よろしくたのむよ。」

といって、川にうかべました。

目をほそめて川の全体をながめると、水面には夜空があり、小宇宙《しょううちゅう》が再現《さいげん》されていました。水の上ではお星さまがゆらゆれ、まるでおにごっこでもしているかのようです。大きくいきをすいこむと、心の中にも目の前と同じふうけいが広がりました。テツロウは自分の体が自然の一部になったような気がしてこうふんしました。

いよいよ、出発です。テツロウは、カヌーにもつをのせ、パドルを持ってのりこみました。ゆっくりとパドルを動かすとカヌーは流れのおだやかな真ん中あたりまですすみました。

「ここにしよう。」

テツロウは、あおむけにねころびました。

目をとじると、川のせいになりました。ゆらゆらと、いったい、何時間ゆれていたことでしょう。いえ、じっさいには、十分くらいだったのですが、それくらい長く感じられたのです。

「おいらにとって、川は命の源《みなもと》だ。」

ゆったりとした時間の流れは、ふだん忘《わす》れかけていた心を、とりもどしてくれました。また、自分の心と対話することで、すっぱだかの心が見え、どんどん素直になっていく気がしました。

その時、ふと、

「エッちゃんにも、カヌーの楽しさを教えてあげたかったな。」

と、思いました。乗る約束までしておきながら、守れなかったことがくやまれました。でも、なやんだってしかたありません。

目をあけると、空には、やせほそった三日月とまんてんのお星さまが見えました。

「なんてすばらしい星空だろう。もしかしたら、エッちゃんも、今ごろ、同じ空の下で、同じお星さまをながめているかもしれない。美しいものを見つめ心を動かしている人が、この地球上《ちきゅうじょう》のどこかにいる。そう思うだけでしあわせだな。たとえ遠くにいたって、心はこんなにもちかくにある。」

テツロウは、心の底から喜びがわきあがるのを感じました。

お月さまにてらされ、顔は青白く光っていました。考えることがなくなると、しずかに目をとじました。

「テツロウは、どこへ行ったんだろう。」

エッちゃんには、まったくこころあたりがありません。

「ただの散歩《さんぽ》じゃないのかい。」

ジンの言葉は、かるいなぐさめにもならずすぐに消えました。

「ううん、ちがう。確実に出ていってしまったの。いったい、何があったんだろう？　だけど、何もいわずに出ていくなんて、ひどすぎる。あんなに、なかよくしてたのに。」

エッちゃんの頭には、今までのことが、まるでそうまとうのように思い出されてきました。

テーブルを見ると、手紙がありました。差し出し人は、テツロウです。

『魔女《まじょ》さん、おいら、自分が何者なのかをさがす旅にでます。なぜ、生きているのか。何のために生をうけたのか。今の自分は何を求めているのか。今、ほんとうにやりたいことは何なのか。自分なりの答えを見つけてみたいと考えています。走ることも、泳ぐことも、そして、サックスの演奏《えんそう》も、自分が何者かを知るための手段《しゅだん》として始めたことです。決して、目的ではありません。もちろん、ゴールでもありません。しかし、残念ながら、まだ、何もわかっていません。

これからも、おいらは自分が何者かをさがしつづけるでしょう。
☆追伸《ついしん》
　おいらは、夜空にまたたくお星さまが好きです。それは、かがやく星が美しいからです。かがやいているから美しいのではなく、だれにじまんすることもなく、ただ静かにほほえんでいるから美しいのです。そして、うれしいことに、どんなにはなれていても、この地球上《ちきゅうじょう》からは同じお星さまを見ることができます。だから、一人でもさびしくない。もしさびしいことがあったら、星空をながめてください。きっと、おいらも、同じようにながめていることでしょう。どうか、とつぜん、消えたわけはきかないでください。決して、魔女《まじょ》さんをきらいになったわけじゃありません。』


　手紙を読み終えると、エッちゃんはつぶやきました。

「テツロウったら、うそが下手ね。どうせつくなら、もっとましなうそをつけばいいのに…。きっと、あたしのことがきらいになったにちがいない。そうでなくちゃ、出ていくなんてことしないはずだもの。最後まで、あたしのこと気づかってさ。あなたはやさしすぎるのよ。そんなテツロウを、あたしだって、大、大、大きらい…。出ていってくれてせいせいしたわ。」

エッちゃんの手から、手紙がパタリとおちました。

　ここまで読むと、みなさんは、

「テツロウはどうして出ていったの？　ほんとうのわけを教えて！」

と、たずねるかもしれません。

みなさんにだけこっそりとお教えしましょう。けっして、エッちゃんにはいわないでくださいね。

かみさまには、守らなければならないおきてがありました。どんなおきてかって?

それは、『かみさまは人類を愛してもいいが、個人、つまり、とくていの個人を愛してはならない。』というおきてでした。なぜかっていうと、はんだんをあやまってしまう可能性があるからです。

かみさまは、事件があった時、何人《なんぴと》に対しても、公平に処理《しょり》していかなければなりません。ところが、個人に特別の感情を持ってしまうと、冷静《れいせい》なはんだんができにくくなります。

かみさまに課《か》せられているのは、ふへんてきな人間愛です。そんなこともあって、かみさまが、もし、だれかを愛してしまったら、かみさま失格《しっかく》。かみさまでなくなります。これはどんな意味をもつかっていうと、地球《ちきゅう》上での命がなくなるということなのです。

テツロウは、とことん人間界にほれこんでしまったので、ここからはなれたくないと思いました。地球《ちきゅう》に住む人間たちは、なやみながらも、みなそれぞれにいっしょうけんめい生きています。かみさまとしての使命を果《は》たすためにも、個人的な感情を消す必要がありました。

そのために、一番かんたんな方法は、エッちゃんの前から姿を消すことだったのです。

17　エトセトラスーパーテスト

　テツロウがいなくなり、三日目の夜、ミッチーがやってきました。いきをはずませて、ドアチャイムをならすと、

「入るわよ。」

といって、いきおいよくドアをあけました。

「あらまっ、ミッチーったら、グッドタイミン

グ。ちょうど話したいことがあったの。どうぞ、すわって。」

エッちゃんは、ミッチーに会いたいと思っていたのです。

「テツロウが消えたでしょ？　宇宙《うちゅう》テレビを見ていたら、カヌーにのって旅だつテツロウがうつったの。いったいどうしたの？」

ミッチーは、声を一オクターブあげていいました。

「テツロウは、あたしのことがきらいになってしまったのよ。しかたないわ。いなくなって、はじめは気がくるったようになったけれど、今はもう大じょうぶ。だいぶ、落ち着いてきたわ。」

エッちゃんが、力なくほほえみました。

この三日間、飲まず食わずで、ほおの肉がそげおちたようです。ふっくらとしていたほっぺが、げっそりとへこんでいました。

「テツロウと、けんかでもしたの？」

ミッチーが、目をぱちくりさせてたずねました。

「けんか？　とんでもない。あたしたち二人、とってもなかよくやってたわ。ふしぎなほど波長《はちょう》があってたもの。何をいっても、けんかにならなかった。だから、こんなに苦しんでるんじゃないの。」

エッちゃんの顔が、いっしゅんくもりました。

「ごめん。せっかく忘《わす》れさろうとしていたのに、思い出させちゃったわね。」

ミッチーは、しまったと思いました。

「ちがう。忘《わす》れさろうなんて思ってない。その反対だわ。あのね、テツロウがいなくなって、あたしの心の中に、笑顔のテツロウが住みついたの。会いたくなった時、心をノックすれば、いつでも会えるじゃない。無理して忘《わす》れようとする必要なんてない。そう思ったら、かたの力がすーっとぬけて、気が楽になったの。」

エッちゃんが、さっぱりした顔でいうと、ミッチーが、目をほそめて、

「そうね、テツロウは、心の中でいつまでも生き続ける。エッちゃんが忘《わす》れないでさえいれば、いつでも会える。なんてすてきな関係なんでしょう。」

と、いいました。

「あたしね、ほんとうにすきなら、そっとしてあげるやさしさもあるって気づいたの。今そばにいなくても、出会えてよかった、生きててよかったって感動にふるえるしゅん間、あたしの命はもえあがる。心の鈴がチリンチリンと高らかになりひびく。心の中のテツロウは、永久《えいきゅう》に不めつよ。それに、いつまでも色あせない。」

エッちゃんの話を聞いて、ミッチーは、

（エッちゃんは、ひょっとしたらほんものの恋《こい》をしたかもしれない。）

と、思いました。

「テツロウのやつ、今ごろくしゃみしてるかもね。あーあ、こんなに愛されてしあわせなかみさまだわ。なんだか、きゅうにおなかがすいてきちゃった。エッちゃん、何か食べさせておくれ。」

その時、ミッチーのおなかのむしが、おもしろいようにキュルキュルなりました。

　今まさに、ミッチーのおなかはからっぽ。おなかとせなかがくっついてしまいそうなほど、すいていたのでした。

「ごめん、何もないの。ミッチー、実はあたしもおなかぺっこぺこ。この三日間、食事らしい食事はとってなかったから…。何か作ろうか？　ミッチーに会ったら、元気がわいてきた。」

「今ばんは、わたしにおまかせ。わたし、料理が大好きなのよ。ちょっと、台所をつかわせてもらうけどいい?」

「もちろんよ。」

ミッチーは、エッちゃんのエプロンをつけると、すばやく台所へ消えました。少したつとすぐに、おいしいかおりがただよってきました。

　あっという間に、テーブルには、シーフードドリアと、コンソメスープ、マッシュポテト、野菜サラダがならびました。

「色どりもきれいで、えいよう満点。ちょっとしたレストラン風ね。ミッチーったら、すごい!」

エッちゃんは、はしゃいでいいました。

「おいしい。」

エッちゃんとジンは、口をそろえていいました。

　ミッチーの料理のうではばつぐん。魔女界《まじょかい》では、『料理の達人魔女《たつじんまじょ》』として、その名がとどろいていました。自作のメニューを工夫《くふう》し、短時間でおいしい料理を作り上げることで有名でした。パーティーの時、たいてい、ミッチーはシェフとしてまねかれましたし、まねかれない時は自分から、出向いて作りました。それほど、料理が好きだったのです。

　人間界にいたころ、ミッチーは困《こま》っている人がいるとほっておけず、ごはんを作ってあげたり、なやみを聞いてあげたりしました。そのおかげで、ミッチーの家は、いつもたくさんのお客さんが集まりました。ついたあいしょうが、『世話焼き魔女《まじょ》』でした。

　というわけで、『かんづめ魔女《まじょ》』ことミッチーには、これをふくめ三つもあいしょうがついていたのです。これこそ、『スーパー魔女《まじょ》』にふさわしいでしょう。あらまっ、あいしょうが四つになってしまいました。もっとふえそうなので、このへんでやめておきましょう。

食べ終わったころ、ララが、やってきました。ぷりぷりした顔で、

「ミッチー、勝手にでかけるなんてひどい。わたしだってきたかったのに…。」

と、いいました。

「ごめん、ララのこと忘《わす》れてたわけじゃないの。ただ、あんまりいそいでたものだから…。とにかくごめん。」

ミッチーは、頭をかいていいました。

「会えてよかったよ。姿が見えないのでどうしたのかと思ってた。」

ララのすがたを見つけると、ジンがしっぽをふりかけよってきました。ララは、

「わたし、ジンに会いたかったの。」

と、うっとりしていいました。ミッチーは、

「勝手にしてちょうだい。ララ、わたしは帰るからね。あんたの恋《こい》になど、つきあってられない。今ばんは、あっちでもこっちでも、ハートが熱くなっていいわねぇ。わたしも、大恋愛《だいれんあい》がしたくなったよ。帰ったら、すてきな王子さまを見つけて、かけおちでもしようかしら…。ルンルンルンルン！！！」

と、やけっぱちになっていいました。

「まあまあ。ミッチー、もう少しゆっくりしてってよ。せっかく、ララもきたことだし…。明日の朝、帰ればいいじゃない。王子さまだって、今日明日でにげやしないわ。今ばんはとまっていって。」

「わかった、そうすることにする。ララ、わたしにかんしゃしてよ。」

ミッチーがいった時、ララとジンは、むちゅうで話していました。


次の朝、お日さまが、エッちゃんの家の窓《まど》にまるいおでこをだしました。ミッチーはまぶたをノックされると、目をさましました。エッちゃんは、まだねむっています。

「さわやかな朝だわ。」

ミッチーは顔をあらうと、台所へむかいました。そう、朝食をつくるためです。それが、ミッチーの日課《にっか》だったのです。日課《にっか》というものはややこしいもので、やらないでいるとリズムがくずれ、体の調子まで悪くなります。

「ラララララー。」

鼻歌にあわせて、ほうちょうとまないたがダンスを始めました。続いて、フライパンが音をたてて演奏《えんそう》をし、おなべがぐつぐつと白いいきをふきました。

サッチョンパッと朝食ができあがり、うつわにもられました。

「エッちゃん、おきて。朝ごはんだよ。」

ねむい目をこすって、エッちゃんがおきてきました。

「ミッチーったら、すごい。いつの間に…。あたし、おなかぺっこぺこ。」

というと、はしをとりました。

「エッちゃん、おはよう。朝食のメニューはたきたてごはんに、おとうふとねぎのみそしるに、アジのひものに、たまご焼きに、大つぶのうめぼし。どうお口に合うかしら。」

といった時、ごはんはからっぽでした。

「おかわり。」

「エッちゃん、すごい食べっぷり。見ていると気持ちいいわ。でも、食べすぎないでね。おなかこわすわよ。」

「だって、おいしいんだもの。」

エッちゃんが、にっこりしていいました。

「そうだ、今度また、わくわくするかんづめをもってくるわね。」

「ミッチー、ありがとう。今は、気持ちだけもらっておく。かんづめはとうぶんいいわ。心のいたみが完全に回復《かいふく》するまで、もうしばらくかかりそうだもの。」

エッちゃんがいうと、ミッチーが首をかしげて、

「そんなに食べて、まだ、心のいたみがあるの？」

と、いいました。

「女心は、びみょうなの。」

エッちゃんが、晴れ晴れとした顔でいいました。

「それじゃ、元気でね。エッちゃん、また、くるわ。」

「まってるわ。ミッチー。」

二人の足下《あしもと》で、ララとジンもお別れのあいさつをかわしていました。


エッちゃんは、毎ばんたからばこの前でじゅもんをとなえます。このはこがあけば、心を持った人間になれるのです。

「パパラカホッホ、パパラカホッホ。人生って何だろう？　あたしは、なぜ生きているの？　何

のためにうけたの？　人生の目的っていったい何かしら？　パパラカホッホ、今まで幸せを見つけるために生きてきたけど、幸せをさがして生きてきたけど、きっとそうじゃない。幸せは、パパラカホッホ、ホホホノペッペ、ペペペノホッホ、見つけるものでもなくさがすものでもない。幸せは、パパラカホッホ、ホッホ、ホッホ、ホッホ、ホッホ、自分の力できずくもの。創りあげるもの。ホッホ、ホッホパパラカホッホ、パパラカホッホ、パパラカホッホ。テツロウは、自分の幸せを求めるのではなく、人間たちの苦悩《くのう》を救い幸せにすることに全力を注いでいた。もしかしたら、人間たちの喜ぶ顔を見ることが、テツロウの幸せだったのかもしれないわね。パパラカホッホ、パパラカホッホ…。だとすると、たっくんとおばあちゃんの笑顔こそ幸せのたね。テツロウの心で、大きく花をさかせるにちがいない。ピピピノサッサ、サササノピッピ。それにしても、人類の幸せと、自分の幸せとを重ね合わせ生きていくなんて…。パパラカホッホ、なんて大きな愛かしら…。ポポポノサッサ、ポポポノサッサ、ポポポノサッサ。すぐにはまねできないけれど、いっしょうけんめい修行《しゅぎょう》をつんだら、あたしにもできますか？　パパラカホッホ。あたし、子どもの心がわかる本物の先生になりたい。これからも修行《しゅぎょう》をつんで、いつの日かほんものの人間になれますように。パパラカホッホ、パパラカホッホ。」

エッちゃんは、たからばこの前で手を合わせました。

　今日もやっぱりあきません。たからばこのふたは、ぴったりとしまったままです。その時、心の中で声がしました。

『エッちゃんにならできるさ。』

声の主はテツロウでした。

さて、ここはこきょうのトンカラ山。魔女《まじょ》ママとパパは、にっこりしてグミ酒でかんぱいしました。

だれにかって？　もちろん、ひとりむすめのエッちゃんです。

「エッちゃんも、やるもんだね。とうとう合格したよ。」

「ええ、実は、わたしもおどろいているの。このテストは、魔女《まじょ》たちの間で、『エベレスト』とうわさされるほどの難問なの。ほとんどの魔女《まじょ》たちは、例外《れいがい》なく落ちる。一度きりじゃ合格できないの。何度かちょうせんしてやっと受かる。それほど、むずかしいテストなの。」

「そりゃあ、すごい！　やっぱり母さんの子だよ。」

パパは、とびはねていいました。

「いいえ、あなたの血をひいたのよ。小さいころは、魔女《まじょ》の落ちこぼれだとばかり思っていたけど、一発で合格するなんて…。人間界に出て、エッちゃんはほんとうにがんばってる。わたし、うれしくて…。パパ、ないしょにしてたけど、あたしだって、二度も落ちたのよ。」

魔女《まじょ》ママは、はずかしそうに笑いました。魔女《まじょ》たちの間で、『エベレスト』とうわさされていたこのテストは、『人間と魔女《まじょ》・エトセトラスーパーテスト』の三つ目でした。

どんな内容かって？

> 幸せはもとめるものではなく、自分の力できずいていくもの、創りあげていくものであることに気づくことができる。

テツロウは、地球上《ちきゅうじょう》のどこかにいます。人間界にとけこみ、あたり前の顔をして生活しています。今日もまた、人間たちの苦悩《くのう》を救うために、ふんとうしているでしょう。

♠ エピローグ

イエスノー「脳《のう》」ソング

脳《のう》ってどこにあるんだろう？
そんなの頭の中にきまってる。
ためしに、手の平や足のうらをさがしても見つからない。
脳の正体はなあに？
そんなのわかるはずがない。
メスで切ってかいぼうしたって
ただのしわしわおばけ

脳《のう》ってメロンパンみたい
ぱくぱくかじって食べたら
どんな味がするだろう
なくなったらパンやさんで買おう

ややこしい脳《のう》なんていらない
なやんだ時は青空へなげちゃおう
だけど、なくなると
こうして考えている自分もいなくなる

悲しい自分がいなくなるってことは
うれしい自分もいなくなるってわけで
悲しくもなくうれしくもない日々が
たんたんと流れる

流れる？　いやいやちがう
自分がいなくなるってことは
いしきする主《あるじ》がいないのだから
おそらく時間も止まってしまう

しわくちゃおばけのその中に
かけがえのない自分がいる
自分が自分であるって当り前のことを
感じている心のはたらきがある

わたしはパンやさんをのぞくと
メロンパンばかり買うくせがあると思ったら
無意識のうちに
脳《のう》を食べて自分らしく生きようとしてた

あとがき

学校が変わりたくさんの出会いがあった。
同僚の先生方に子どもたちに保護者の方々、それから、うさぎのブラックにカルガモのカールにミミズのミーミー…。一体、何人になるのだろう。子どもみたいに両手をだし数えてみる。しかし指を何度折っても足りない。対話することにより今までつながれていなかった電池に電流が流れだし、気づいてみるとその電池は生きていくのに必要不可欠になってしまった。私はここに来るべくしてきた。『運命的な出会いだ!』と断言できるほど、すてきなおつきあいをさせていただいている。
今、伝記に夢中になっている一人の女の子がいる。といっても、読むのではない。書いているのだ。不思議でしょう？　その女の子は日菜ちゃんという。

　ある朝、読書の時間にだれかが偉人の本を読んでいて、なぜか話題は伝記になった。

「先生、伝記って何」

「伝記は個人の一生を書き記した記録。亡くなった後、偉業を成し遂げた人の生き方や考え方が本として残されるの。そうすることにより、偉人はいつまでも人の心に生き続けるでしょ。」

といったら、とつぜん、

「私、魔女先生の伝記書く。」

といって始まったのだ。

「私は、まだ生きてるよ。」

というと、一しゅん、困った顔をした。数日たつと、日菜ちゃんはノートを持ってやってきた。表紙には、『魔女先生の伝記』と書いてある。側に、『まだまだ生き続ける』と書いてあるのを見つけた時、思わず苦笑した。幸せな担任である。


　日菜ちゃんは、金子みすずさんの生まれ変わりかもしれない。まるで、小鳥が歌をさえずるように詩をくちずさむ。その様は自然そのものだ。疑いようのない常識が、日菜ちゃんの心のふるいにかけられると、驚きとなって姿を現してくる。だから、日々感動がある。『先生、たいへん！』と黄色い声をあげて生活している。物を観る目が素直で正直で新鮮なんだ。『こころの旅』という手作りの詩集まで作り、周囲を驚かせた。


　この本に登場するミッチーなる魔女は、スポーツクラブで出会ったTさんがモデルになっている。人生の大先輩である。名づけて、『生きる悩み事相談所』。気にかかることがあり元気がでない時、平気なふりをしても、顔の表情ひとつで見抜かれてしまう。

「何かあったでしょう？」

とたずねるそのお顔は、聖母マリアさまのようなやさしさに満ちているので、私は迷惑だろうなと思いながら、つい正直にしゃべってしまう。Tさんは豊富な経験から、端的にアドバイスしてくださる。お互い裸のつきあいなので、何のかざりもない。率直な意見を聞かせてくださる。それがまた、妙に心にしみるのだ。話しているうちに、窮屈だった心が次第にリラックスし、帰りにはスキップをふみたくなるほどに回復している。

たくさんの友人たちが家を訪れるというがうなずける話である。料理が趣味で、食事を振る舞われることもあるらしい。帰宅してから夕食にとりかかる私も、簡単にでき、安くておいしいメニューをいくつか教えてもらった。

走ることで自分は何者かを問い続け、挑戦している同僚がいる。彼との出会いにより、私の心にある変化が起こった。今まであきらめていた心『この分野は苦手。自分には無理だわ。』に、火が灯された。こちこちに堅くなっていた心は、

「これではいけない！」

と悲鳴をあげ、最近になり活動を始めたようなのだ。

彼は挑戦することで新しい発見があり、年々若返っているようである。情け容赦なく押し寄せてくる体力の低下と戦いながら、日々精進を続けている。勝負は記録ではなく、ベストを尽くすこと。自分なりのめあてを持ちその道を極めること。『勝負する相手は、他ならぬ自分自身なんだよ。』と、後ろ姿が教えてくれた。なんて美しい生き方だろう。

年を重ねるたびに、私もどんどん新しくなっていきたいなぁ。たまねぎが皮をはぐように潔く心のガードをぬぎさって、いろんなことに挑戦していきたいと思う。なんてったって、チャンスは星の数ほどあるんだもの。しりごみしないで、飛び出していこう。

この本を世界中の子どもたちと、いつまでも子どもの心を失わず、ゆめに向かって挑戦し続けているテツロウに捧げる。

槗立悦子（はしだてえつこ）

本名　横山悦子

1961年、新潟に生まれる。

1982年、千葉県立教員養成所卒業後小学校教諭になる。関宿町立木間ケ瀬小学校、野田市立中央小学校、野田市立福田第一小学校で教鞭をとり、現在、我孫子市立第四小学校勤務。

〈著　書〉〈魔女えほん〉　1巻～10巻。

〈魔女シリーズ〉1巻～13巻。

〈ぼくはココロシリーズ〉1巻～5巻。

他に〈子どもの詩心を育む本〉12冊がある。

（いずれも銀の鈴社）

〈現住所〉〒270-1176 千葉県我孫子市柴崎台3-7-30-A-102

NDC913

槗立悦子　作

東京　銀の鈴社

192P 21cm（魔女とふしぎなサックス）

定価＝一二〇〇円＋税

鈴の音童話

魔女《まじょ》とふしぎなサックス

魔女シリーズNo.13

二〇〇四年十一月二十五日（初版）

著　者――槗立悦子 作・絵©

発行者――西野真由美・望月映子

発　行――㈱銀の鈴社 http://www.ginsuzu.com

〒104-0061 東京都中央区銀座一-五-一三-四F

電話　03(5524)5606

FAX03(5524)5607

ISBN4-87786-733-3 C8093

印刷・電算印刷　製本・渋谷文泉閣